As MAIS 4

Patrícia Barboza

As MAIS 4
Toda forma de amor

1ª edição

Rio de Janeiro-RJ / Campinas-SP, 2014

Editora: Raïssa Castro
Coordenadora Editorial: Ana Paula Gomes
Copidesque: Anna Carolina G. de Souza
Revisão: Gabriela Lopes Adami
Capa e Projeto Gráfico: André S. Tavares da Silva
Ilustrações: Isabela Donato Fernandes

ISBN: 978-85-7686-326-7

Copyright © Verus Editora, 2014

Direitos mundiais em língua portuguesa reservados por Verus Editora. Nenhuma parte desta obra pode ser reproduzida ou transmitida por qualquer forma e/ou quaisquer meios (eletrônico ou mecânico, incluindo fotocópia e gravação) ou arquivada em qualquer sistema ou banco de dados sem permissão escrita da editora.

Verus Editora Ltda.
Rua Benedicto Aristides Ribeiro, 41, Jd. Santa Genebra II, Campinas/SP, 13084-753
Fone/Fax: (19) 3249-0001 | www.veruseditora.com.br

CIP-BRASIL. CATALOGAÇÃO NA FONTE
SINDICATO NACIONAL DOS EDITORES DE LIVROS, RJ

B195m

Barboza, Patrícia, 1971-
   As mais 4 : toda forma de amor / Patrícia Barboza ; ilustração Isabela Donato Fernandes. - 1. ed. - Campinas, SP : Verus, 2014.
   il. ; 23 cm

ISBN 978-85-7686-326-7

1. Ficção infantojuvenil brasileira. I. Fernandes, Isabela Donato, 1974-. II. Título.

14-08185   CDD: 028.5
                                                        CDU: 087.5

Revisado conforme o novo acordo ortográfico

Carta aos leitores

Eu me apaixonei pela primeira vez aos 15 anos. Foi surreal. O menino em questão estava de costas. Você já viu alguém se apaixonar sem nem ao menos ver o rosto da outra pessoa? Ele se virou, e, quando dei de cara com aquele par de olhos azuis, já era tarde. Ele passou a habitar todos os meus pensamentos e sonhos. Eu era tímida ao extremo. Simplesmente não conseguia falar com ele. Chances? Tive várias. Bem que ele tentou, mas eu me comportava como uma perfeita idiota. Até que resolvi estudar no mesmo colégio em que ele estudava. Eu estava indo para o primeiro ano do ensino médio e ele estava concluindo os estudos por lá. Pensei que vê-lo todos os dias na hora do intervalo seria a chance perfeita para conquistá-lo. E aí veio a primeira surpresa justamente no primeiro dia de aula: ele namorava uma garota do segundo ano, a Patrícia. Outra garota, com o mesmo nome que eu, tinha sido a eleita.

Você deve estar se perguntando: Por que eu estou contando uma história de amor mal resolvido em um livro sobre amor? Para que você pare de fazer bobagens e aprenda, com o meu exemplo, o que não deve ser feito: ficar com medo de expor seus sentimentos. Perdemos oportunidades absurdas por causa do medo de amar, quando se trata exatamente de um sentimento tão nobre, tão puro.

A Ingrid é puro amor. Ela envolve tudo e todos com sua fofura, simpatia e bem-querer. O amor pode ir muito além das batidas aceleradas do coração por aquele garoto especial. E é exatamente isso que eu quis mostrar neste livro por meio da Ingrid: o amor em sua concepção ainda maior, mais ampla. Você gosta dos seus pais? Diga isso a eles. Gosta dos seus irmãos? Diga também. Gosta dos seus amigos? Fale. E isso quer dizer que agora eu consigo fazer essas coisas sem nenhuma inibição? Não. Mas aprendi que me privar disso é um ato de desamor comigo mesma.

Sinto um amor imenso pelo que faço. Para mim não existe segunda-feira de mau humor. "Escolha um trabalho que ame e não terá que trabalhar um único dia em sua vida." As palavras são de Confúcio, filósofo chinês que viveu cerca de 500 a.C. Elas são de uma verdade absoluta para mim. É um amor imenso que sinto toda vez que recebo uma mensagem nas redes sociais ou por e-mail. Descubro que uma pessoa que nunca vi, moradora de uma cidade bem distante da minha e que eu desconhecia, se identificou com a minha história. E que essa história provocou alguma mudança positiva em sua vida. É o amor atingindo níveis incalculáveis. Como aquela música interpretada pela banda Cidade Negra, "Amor que não se pede, amor que não se mede..."

Descubra o que significa "toda forma de amor" para você. Isso é possível? Claro, basta você se permitir.

Patrícia Barbosa

Sumário

1. Será que é genético?..9
2. Redescoberta..16
3. Boa sorte, Edu!..24
4. Carlinhos..32
5. Enfim o IPM!...39
6. De volta ao passado...46
7. Uma parte de mim..52
8. Outra forma de amor..59
9. O último dos românticos?..65
10. Quem é Augusto Machado?...77
11. Desentendimentos...88
12. Será que vai dar certo?...96
13. A aliada perfeita..104
14. Segredos...113
15. Que semana!..119
16. Estamos preparadas?...128
17. Muitas comemorações..136
18. Emoções à flor da pele...141
19. Um amor se cura com outro?......................................151
20. Sonhos possíveis..157

1
Será que é genético?

Férias, férias, férias! Uhuuuu! Nossa, eu estava mesmo cansada. Acordar cedo todos os dias, encarar trabalhos, provas... Nem meus adorados incensos e florais de Bach estavam me ajudando. Muito menos minhas mentalizações. Às vezes tudo do que a gente mais precisa é acordar tarde e relaxar para renovar as energias.

Um mês inteirinho pela frente. Ai, julho, seu lindo! Os dez primeiros dias serão de recuperação, e quem ficou com as médias acima de 7 vai passar o mês todo de folga. A Mari quase ficou em matemática. Na última hora, ela chorou meio ponto na prova e conseguiu a média. A Aninha, claro, passou com folga. Eu até que fiquei na média, sem grandes sustos com o boletim.

A Susana, que também passou direto, veio aqui para casa no primeiro dia das férias para assistirmos aos primeiros episódios de *Once Upon a Time*. Primeiro ela viciou a gente em *Glee*, e então foi a minha vez de apresentá-la aos contos de fadas numa versão mais moderna. Adoro! Fizemos uma pequena maratona. E a melhor parte foi que ela dormiu aqui em casa e fizemos a nossa festinha do pijama particular. Como ela sabe um monte de coisas legais sobre beleza, me explicou com a maior paciência do mundo como fazer um efeito legal nas unhas. E também

As MAIS 4: Toda forma de amor

me ensinou a não deixar as pontas dos meus cabelos ressecadas. Se a Susana não fosse atleta, eu tenho certeza de que ia se dar muito bem como colunista de revistas de moda e beleza.

Na manhã seguinte, passei pela sala e vi uma cena meio estranha. A minha irmãzinha, a Jéssica, estava toda triste sentada no sofá. Justo ela, que adora falar, pular pela casa e mexer nas minhas coisas. Apesar de faltar pouco para completar 8 anos, ela ainda tem aquela velha mania de colocar meu sutiã na cabeça. Nem se meteu nos meus papos, como sempre faz. Estava com uma carinha triste de dar pena. Chamei a Susana e fomos ver o que estava acontecendo.

– O que você tem, Jéssica? – eu me sentei ao lado dela e fui logo fazendo cafuné.

– Eu não queria estar de férias! Queria ir para o colégio! – ela respondeu fazendo bico e cara de desolada. Sabe aquela carinha de coitado que o Gato de Botas faz no filme *Shrek*? Então, igualzinha!

— Mas estar de férias é legal, Jéssica! — foi a vez da Susana de consolar minha irmã. — A gente pode dormir até mais tarde, sair pra passear...

— Na escola é muito mais divertido! Eu adoro ir pra lá.

— Sabe o que pode ser ainda mais divertido? — lembrei. — Planejar sua festa de aniversário! Afinal, já vai ser no mês que vem. No ano passado, o tema foi as princesas, lembra? Já pensou no tema deste ano?

Ela, que já estava emburrada, fechou ainda mais a cara. Confesso, fiquei até com medo.

— Ai, Ingrid. Só você, viu? — ela balançou a cabeça e revirou os olhos. — Isso é festa de criança! Eu vou fazer 8 anos. Vou convidar o pessoal para um rodízio de pizza. Vai dar menos trabalho e vai sair muito mais barato do que uma festa cheia de balões coloridos. Além do mais, seria o maior mico fazer festinha com um mágico de novo. Muuuuuito infantil.

A minha vontade foi de explodir em uma gargalhada. A Susana até virou para o outro lado, segurando o riso. Que pirralha mais metida, gente! Ela está achando que é o quê? Pré-adolescente aos 8 anos? Nessa idade, eu era apaixonada pela minha coleção de bonecas! Preciso conversar com a mamãe sobre isso, ela está precoce demais. Mas eu resolvi insistir no assunto, já que ela continuava com cara de tédio.

— E as meninas do condomínio? Por que você não desce pra brincar no playground? — sugeri.

A Jéssica cruzou os braços e suspirou. Fez aquela cara de carente abandonada e, com a voz mais melosa do mundo, confessou:

— É que tô com saudade de um amigo do colégio e ele não mora aqui no condomínio...

A Susana e eu olhamos uma para a cara da outra e entendemos tudo!

— Ah, mas você não precisa ir para a escola pra ver seu amigo! Não é mesmo, Susana? — ela concordou com a cabeça, captando meu plano. — As meninas e eu não nos encontramos fora do colégio? Então! Eu tenho um monte de filmes legais aqui. O que você acha de convidar seu amigo pra assistir aos filmes aqui com a gente? Podemos fazer pipoca. Vai ser divertido!

– Jura mesmo que eu posso chamar o Gabriel? – seus olhinhos brilharam.

– Claro que sim! Por que você não telefona pra ele?

No mesmo instante, ela pegou o telefone e ligou para o amiguinho. Como ele morava a duas quadras do nosso prédio, a mãe dele ficou de trazê-lo. Enquanto o interfone não tocou, a Jéssica ficou pulando de um lado para o outro, mas a gente fingiu não notar. Quando ele finalmente chegou, a Susana e eu só faltamos gritar. Ele era a coisa mais fofa, suas bochechas pediam para ser apertadas. Entendemos completamente a paixonite da Jéssica por ele.

– Meninas, não vai dar trabalho pra vocês ficarem com duas crianças? – a mãe dele perguntou, preocupada.

– Shhhh... Crianças? Fala baixo, senão eles podem brigar com a gente – brinquei.

– Hum, é verdade – ela riu. – Nessa idade, eu só queria saber de brincar. E agora eles só falam do mais novo aplicativo para o celular.

– Eu não tenho irmãos mais novos, então acho isso tudo muito engraçado! – a Susana praticamente gargalhou, tapando a boca logo em seguida.

– Fique tranquila! Pode ir sossegada, vamos ficar aqui com eles – eu a tranquilizei.

– De qualquer modo, fique com o meu cartão. Você me liga se ele começar a aprontar? A avó dele vem buscar em seguida.

– Não vai ser necessário, vai ser uma tarde muito divertida.

Coloquei o filme, fiz pipoca e as horas que se seguiram foram de muitas risadas e brincadeiras. Quando chegou a hora de o Gabriel ir para casa, a Jéssica se despediu toda contente. Eles combinaram de jogar videogame no próximo encontro, e ela saiu cantarolando pela casa.

A Susana e eu entramos exaustas no meu quarto. Ela abraçou uma de minhas almofadas e lamentou.

– Sabe aquela velha história de "invejinha branca"? Acho tão legal seu relacionamento com a sua irmã... O Anderson nunca me deu bola, sempre viveu no mundinho dele.

– Poxa, que pena, Susana! Mas não melhorou nada?

– Nada. Ele fica lá estudando as coisas de farmácia e sendo o filhinho preferido da mamãe.

– Não fala assim. A tia Valéria pode ser meio seca, mas seu pai é um amorzinho.

– Meu pai é o máximo! Sinceramente? Não sei como ele aguenta ser casado com a minha mãe.

– Susana?!

– Mas é verdade, Ingrid! Eu gosto da minha mãe, apesar de não combinarmos muito. Não vou dizer que sou cega e que não percebo que ela e o Anderson são praticamente idênticos. Meu pai e eu somos mais sonhadores, ficamos conversando por horas. Pena que ele tem tão pouco tempo livre. Talvez seja por isso que ele ature o humor nada agradável da minha mãe. A parte mais incrível de todas é que ela não se mete no meu namoro. Pelo menos isso, né? Acho que ela pensa que eu só brinco de namorar, nem leva a sério. Porque, se levasse, com certeza seria mais uma coisa pra ela pegar no meu pé.

– Você já tentou conversar com ela? – eu fiz carinho no cabelo da minha amiga. – Quando você queria ser atleta, a tia Valéria dificultou um pouco as coisas. Mas agora que você joga no CSJ Teen ela aceitou, não foi?

– Sim. Digamos que ela tenha se acostumado com a ideia. Se não fosse pela força do meu pai e da minha avó, nada disso estaria acontecendo. Tudo bem, não se pode ter tudo... – ela fez uma carinha triste para rir em seguida. – Voltando ao assunto da Jéssica, você já teve uma paixonite assim quando era criança?

– Claro que sim! Acho que todo mundo teve.

– Uma vez minha avó levou bolo e salgadinhos para a minha escola pra comemorarmos meu aniversário. Tinha um garoto gordinho bem bochechudo na minha turma – a Susana fez uma careta engraçada enquanto falava. – E eu gostava dele justamente por isso. Achava fofo! Depois que cantamos "Parabéns pra você", ele me entregou um pequeno embrulho e ficou todo sem graça quando eu o beijei no rosto. Abri, e

eram duas fivelas com formato de laço. Nem preciso dizer que eu só queria usar isso, né? Elas viraram meu tesouro mais precioso por um bom tempo!

— Eu tinha 8 anos, a mesma idade da Jéssica, quando o Thiago me deu o primeiro desenho de presente — foi a minha vez de relembrar. — Aquele também era meu maior tesouro! Tudo bem que eu não gostava tanto assim de dinossauros, mas guardo os quinze desenhos numa pastinha até hoje. Sim, quinze! Eu nem sei por onde anda o Thiago, mas as lembranças do primeiro amor são tão legais! Ele sentava ao meu lado na classe, e se por acaso ele não ia para a aula, o resto do dia ficava triste e sem graça. É por isso que entendo porque a Jéssica ficou toda triste. Será que o Caio, irmão do Caíque, sabe dessa paixonite da Jéssica?

— Por quê? O Caio é apaixonadinho por ela?

— Não sei. Mas os dois são um grude.

— Meninas são mais precoces para essas questões do coração. O Caio ainda é muito criança, se bobear nem se ligou nisso.

— Olha, ter uma irmã precoce não é nada fácil. A Jéssica ainda nem se deu conta de que o Gabriel é seu primeiro amor. Essa realmente puxou a irmã mais velha. Mais uma romântica na família!

— Melhor nem falar nada pra ela, Ingrid! Senão de apaixonadinha ela vai passar a implicar com ele. Você sabe como ela é do contra.

— E eu não sei? – ri. – Então, mudando de assunto, amanhã é a festa de despedida do Edu. Como você está se sentindo com esse reality show? Ele vai ficar praticamente dois meses confinado!

— Ah, nossa, nem me fale! Eu vou torcer pra ele, claro! Mas será muito difícil ficar longe. Imagine a minha agonia? Ver o Edu pela televisão e pela internet sem poder abraçá-lo? Isso sem falar que as fãs dele vão ficar ainda mais eufóricas.

— Não queria te assustar não, mas... – fiz uma pausa e ela arregalou os olhos. – As que já são fãs vão ficar ainda mais eufóricas, e, com o programa, essa legião vai aumentar ainda mais. Você já pensou nisso?

— Claro – ela bufou. – Mais gente pra me xingar de varapau ou de girafa.

– Não pense assim, amiga! Estaremos juntas em todos os momentos.

– Que bom que tenho vocês... Nossa! – ela deu uma olhada nas horas e se assustou. – Preciso ir. Vou me encontrar com o Edu pela penúltima vez antes do confinamento. Amanhã vai ter muita gente em volta dele, quero aproveitar que estaremos sozinhos hoje...

– Hummmm, entendi! Aproveite então! Até amanhã.

Levei a Susana até o hall do prédio. Quando voltei, passei pelo quarto da Jéssica. Lá estava ela imitando os passos da Beyoncé em frente ao espelho. Essa minha irmã é uma figura!

2
Redescoberta

Meu lindo namorado tinha viajado no fim de semana para a casa dos avós, que moram no interior, e só voltaria algumas horas antes do encontro na casa do Eduardo. Foram só quatro dias longe e eu estava cheia de saudades!

Já tinha passado o primeiro dia das férias com a Susana e a Jéssica. O curso de teatro da Mari não ia dar uma pausa.

– Estão tirando o meu couro! Só falta me colocarem num pelourinho e me darem chicotadas! – a Mari quase chorou ao telefone. Chorou em termos, já que ela é dramática e exagerada por natureza.

Então, fui para a casa da Aninha. A casa dela é tranquila, uma delícia. A gente sabe que ela é toda certinha e gosta de tudo organizado, então, quando eu cheguei, ela estava toda suada e com a cara vermelha. O motivo? Estava fazendo faxina no quarto. Só porque eu ia até lá e ela não queria pagar o mico de estar tudo bagunçado.

– Ingrid, vou tomar um banho e já volto! O computador está ligado, se quiser usar.

Fiquei rindo do jeito como ela saiu em disparada para o banheiro. Conhecendo muito bem a Aninha como conheço e prevendo que ela demoraria um tempão lavando aquela cabeleira toda, resolvi dar uma fuxi-

cada na internet. Eu estava lendo uma notícia sobre a nova temporada de *Teen Wolf* quando ouvi um estranho barulho vindo da rua. Corri até a janela e vi que um carro quase tinha atropelado uma senhora que levava um carrinho desses de feira com rodinhas. A coitadinha largou o carrinho com o susto da freada e tomates saíram rolando pela avenida. É incrível como todo mundo corre para as janelas! Várias cabeças pipocaram dos apartamentos. Mas, por sorte, não havia sido nada grave, e logo as compras da senhora já estavam em ordem de novo.

Eu estava voltando para o computador quando um caderno em cima da cama chamou minha atenção. Era bem grosso, tinha capa rosa, e era diferente de todos os cadernos que a Aninha costumava levar para o colégio. Tinha muita coisa escrita com diversas cores de canetas. Muitos textos curtos, parecidos com crônicas, e alguns poemas. Uma das folhas tinha um *post-it*, e meu dedinho curioso foi direto até ele. Ele estava marcando um texto que havia sido escrito no dia anterior à festa junina do CEM.

Redescoberta

Até que ponto a gente se conhece de verdade?
Os medos
Os êxitos
As verdades
As mentiras
Os retrocessos
Os desafios

Quero redescobrir quem sou
Não aquela que aparento ser
Muitas vezes acreditamos na personagem que criamos
Quero olhar sem máscaras

Quero olhar sem maquiagem
Rosto e alma lavados

Será que quero ver meus penhascos interiores?
Tropeçar nos sentimentos errados que colecionei?
Tatear na escuridão que eu mesma causei?
Continuar culpando as pessoas que de forma equivocada valorizei?

Para se redescobrir é preciso ter coragem.
Coragem para sozinha poder enfrentar
Os medos pelos quais passei
As falsas verdades em que acreditei
Os êxitos que supostamente conquistei
As mentiras que criei
Os retrocessos que causei
Os desafios que adiei
As máscaras que porventura usei

Jogar fora o que não serve mais
Como o simples ato de dizer sim
Há quem pense que concordar é mais fácil
A eterna busca por agradar...
Quero ter ousadia para dizer não
Para dizer basta
Mas também para dizer que quero
E, principalmente, para dizer que amo.

— Hum, descobriu o meu segredo! — a Aninha entrou no quarto com a toalha na cabeça.

— Ai, desculpa! — soltei o caderno como se tivesse tomado um choque. — Não sabia que não podia mexer.

— Tudo bem. Eu esqueci em cima da cama na hora da faxina.

– Esse texto, que você escreveu na véspera da festa junina, é maravilhoso! Fiquei emocionada! Você sempre disse que queria ser escritora, mas nunca falou que estava mesmo escrevendo. Por quê?

– Ah, sei lá! – ela tirou a toalha dos cabelos e se sentou na cama. – Talvez porque não seja um romance, uma história propriamente dita... São só coisas que vêm na minha cabeça.

– Mas isso é incrível! – peguei o caderno de novo e o abracei. – Tem muita coisa aqui. E olha que esse caderno é grosso, hein? Praticamente metade dele está escrito. E, pelo único texto que li até agora, acredito que os outros sejam maravilhosos também.

– Ah, para de exagero, vai! – ela riu sem jeito.

– Tô falando sério, Aninha! Dá pra fazer um livro com todos esses textos. Isso daqui é um livro de poemas, contos e crônicas praticamen-

te pronto. O que você está esperando? Se for pra começar de alguma forma, que seja por ele.

– Jura que você gostou tanto assim do texto?

– Claro que gostei! É curto, mas bem profundo. Você tem uma cópia disso tudo, certo?

– Cópia?! – ela fez uma cara confusa.

– Cópia, loira amada! – dei dois soquinhos de brincadeira na cabeça dela. – Você escreve no caderno, mas depois passa tudo para o computador, né?

– Não... – ela fez uma careta engraçada.

– Então pode começar a digitar isso tudo agora! Vai ser sua tarefa das férias! Você não pode ter essa preciosidade só neste caderno. E se acontecer alguma coisa com ele? E se um dia você deixar em cima da cama, como fez hoje, e começar a chover e seu caderno ficar todo molhado só porque você esqueceu a janela aberta? Ou então, comilona como você é, vir para o quarto com um milk-skake gigante. Já pensou se você derramar um copo inteirinho nele? Não, senhora! Trate já de fazer uma cópia disso tudo!

– Sim, dona professora – ela fez cara de deboche.

– Não brinca, Aninha! É sério. Você é tão organizada e dedicada com as suas coisas... Muito me admira que não esteja cuidando direito deste caderno. O professor César não ficou de te ajudar?

– Ficou sim. Já conversamos bastante sobre isso, e ele me deu ótimas dicas. Ai, Ingrid! – ela fez cara de apavorada. – Começou a me dar um frio na barriga só de pensar que alguém além de você possa ler isso.

– Por quê?

– Ora, por quê? – ela fez bico. – Até hoje as pessoas só viram as minhas resenhas do blog e as matérias que faço para o *Jornal do* CEM. Você foi a primeira que viu as coisas que escrevo. Já recebi críticas por causa dos textos do jornal, imagina de um livro inteirinho?

– Mais um motivo para publicar! Todo mundo recebe críticas, você sabe muito bem disso. Aninha, presta atenção! Seu pai trabalha numa gráfica. Você se lembra do nosso velho e bom livro, aquele que fizemos juntas? Era a grande preparação para este aqui. Ele pode mandar im-

primir cópias do livro, depois que você organizar tudo como fez com o outro.

– Ah, mas aquilo foi uma brincadeira. Publicar um livro exige um monte de outras coisas. Sim, meu pai trabalha em uma gráfica, que é a parte final do processo de um livro. Antes disso, ele tem de passar por vários profissionais de uma editora. E, sinceramente, qual editora ia querer publicar um livro de uma garota de 16 anos?

– Não pense nisso agora. Você está pensando apenas na parte difícil da coisa. Primeiro passe tudo para o computador para ter uma cópia segura de todo esse material. Depois eu prometo te ajudar a pensar numa estratégia de publicação. Aliás, nós quatro podemos pensar juntas em como te ajudar a virar uma escritora!

– Tudo bem, vou fazer como você sugeriu – ela deu um sorriso seguido de um suspiro sonhador. – Você tem razão. Vou pensar no assunto. Prometo! Sempre vendo o lado positivo de todas as coisas... Como não amar minha Chaveirinho favorita?

Ela guardou o caderno, dessa vez em segurança no armário. Enquanto foi pentear os cabelos, levei o notebook para a sala. Ela ia conectá-lo na televisão de lá, para que a gente pudesse assistir ao filme numa tela maior. A vantagem de ter assinatura de site de filmes é que se pode ver de qualquer lugar. Coloquei minha senha e escolhemos o filme *O sorriso de Mona Lisa*. Esse filme tem atrizes que adoro, como Julia Roberts, Kirsten Dunst e Julia Stiles.

Antes de o filme começar, voltei ao assunto do texto que tinha acabado de ler.

– Aquilo que você escreveu não sai da minha cabeça. Foi logo depois que você disse "eu te amo" pela primeira vez para o Igor, não foi?

– Foi sim! – ela riu, erguendo o olhar como se estivesse relembrando a cena. – Depois disso tivemos vários "eu te amo" melhores, mas a primeira vez sempre é especial.

– Você passou por grandes mudanças, Aninha...

– Também senti isso! – ela respirou fundo, fazendo uma expressão ansiosa. – É como seu eu tivesse despertado para algo diferente. O início deste ano foi cheio de fortes emoções! E namorar o Igor foi uma delas.

— Você se lembra da época em que eu era a mais romântica de todas? Continuo sendo romântica, claro. Consegui namorar o garoto dos meus sonhos, que é lindo e fofo. A gente se dá muito bem, mas sinto que algo grande ainda está por vir. Como um pressentimento, sexto sentido. Não sei explicar...

— Como assim? – ela pareceu realmente assustada. – Você está pensando em terminar com o Caíque? Está querendo namorar outro?

— Não! Talvez eu tenha me expressado mal – ri com a confusão. – Eu sempre, sempre, pensei no amor romântico. Sonhava o tempo todo com o dia em que encontraria meu príncipe encantado. E já o encontrei. O que quero dizer é que talvez o amor não seja só isso. É como você escreveu. Também estou em um processo de redescobertas. Estou redescobrindo que o amor deve ser maior do que isso, de simplesmente encontrar o príncipe.

— Complexo, hein, Ingrid? Pelo visto não fui a única a mudar por aqui.

— Eu sei. Complexo. Eu não disse que seu texto tinha me feito pensar?

— Vamos fazer o seguinte: estamos em férias, proibidas de pensar em coisas muito difíceis. Coloca logo esse filme; já estou me sentindo culpada por ter atrapalhado seus pensamentos com meus devaneios literários.

— Tá bom, tá bom!

Era mais do que óbvio que a Aninha ia providenciar uma tigela bem grande de pipoca. Mas eu fiquei tão perdida nos cenários e figurinos do filme que até me esqueci de comer. O filme se passa na década de 1950, em uma escola só para garotas. E, diferentemente da proposta da Aninha de não pensar em assuntos complexos, não tive como fugir.

A maioria das garotas do filme queria arrumar um bom casamento, cuidar da casa, do marido e dos filhos. Elas tinham aulas de etiqueta, comportamento e história da arte, matéria lecionada pela personagem interpretada pela Julia Roberts. Mas ela era uma mulher a frente de seu tempo. Independente, que não curtia casamento. Queria passar para as alunas que elas podiam ir além disso. Que o amor era importante, mas que a vida profissional também era e que podiam administrar os dois lados.

Então, voltei para a minha *redescoberta* particular. Não era por isso que eu estava passando? De alguma forma, eu não estava pensando em redescobrir o amor e que ele não podia ser valorizado apenas no sentido romântico da coisa? É, amiga Julia Roberts, as garotas do século XXI também precisam de ajuda!

Diferentemente da década de 1950, na qual as mulheres pensavam apenas em fazer um bom casamento, acredito que hoje em dia descobrir sua vocação e correr atrás dela é a nossa prioridade. Se puder juntar a realização profissional com o grande amor, melhor ainda! Sou apenas uma voluntária, não ganho nada por isso, e já me sinto tão realizada com o trabalho que faço. Imagina quando eu me formar na faculdade e puder me sustentar por meio dele? Vai ser o máximo.

Voltei para casa no finalzinho da tarde ainda pensando nisso tudo, quando ouvi o alerta de mensagem do meu celular. Recadinho do Caíque.

> Ruivinha, tô morrendo de saudades! Acabei de chegar. Daqui a pouco passo na sua casa pra irmos juntos para a despedida do Eduardo. Não vou conseguir esperar até mais tarde. Te amo.

Existe coisa mais fofa?

3
Boa sorte, Edu!

Por volta das oito da noite, todo mundo estava na casa do Eduardo. Os pais dele prepararam um lanche de despedida, já que ele seguiria para o confinamento do *Internet Pop Music* logo pela manhã do dia seguinte. A Susana se esforçou ao máximo para parecer alegre. Mas conheço bem a minha amiga. Nem toquei no assunto para não deixá-la mal, mas sei que ela vai sofrer com a separação, mesmo que temporária.

A sala do apartamento estava cheia! Os pais do Edu, o professor Rubens, as MAIS e os namorados. Ele já tinha se reunido com os amigos da turma dele do CEM na parte da tarde. Estávamos comendo cachorro-quente quando o Caíque levantou e deu a grande notícia da noite.

– Então, gente... – ele coçou a cabeça e deu um risinho meio de lado. – Foi difícil guardar esse segredo, mas chegou a hora de revelar. O Lucas e eu fizemos uma página oficial do Edu para apoiá-lo na competição. Vai funcionar como uma espécie de fã-clube.

Fiquei boquiaberta. Acho que até me esqueci de piscar por alguns segundos, tanto que senti meus olhos queimando de tão arregalados. Meu namorado, que até outro dia não tinha nem perfil na internet, agora vai ser administrador de fã-clube virtual?

– Isso! – foi a vez do Lucas de falar. – Eu fiz o layout e vamos dividir o tempo nas postagens, dando todas as notícias e, claro, curiosidades e fotos que só a gente tem.

– Medo de vocês! Medoooo! – a Mari praticamente gritou, provocando risadas em todo mundo. – Vocês fizeram isso tudo escondido da gente? – ela arregalou os olhos e virou a cabeça na minha direção. – Você sabia disso, Ingrid?

– Nadica de nada, Mari! Nem com a gente, namoradas fofas e queridas, eles quiseram dividir o segredo! – fiz bico me fazendo de ofendida.

– Mas era segredo! – o Caíque riu e ergueu as mãos na defensiva. – Mostra lá, Lucas!

O Lucas pegou o notebook que estava na mochila. As expressões de namorada traída que a Mari fazia ao observar os movimentos dele eram hilárias. Ela estava chocada com o tamanho do mistério que os meninos tinham feito. A Aninha estava ocupada demais devorando mais um cachorro-quente para opinar sobre qualquer coisa. Ela só arregalava aqueles olhões azuis.

Assim que o notebook ligou, o Lucas nos mostrou o perfil da internet que eles tinham criado. Ficou o máximo! A gente se comprometeu a divulgar e a participar. Se dependesse da torcida, o Edu com certeza ganharia!

– Precisamos da ajuda de vocês, meninas, pra colocar aquelas firulas todas de fã. Vocês sabem, aquele negócio de "Ai, como ele é lindo" e blá-blá-blá. Isso a gente não consegue fazer... – o Caíque brincou.

– Pode deixar que a gente cuida dessa parte! – a Susana caiu na risada.

– Vale lembrar que, obviamente, fiz isso por puro interesse! – o Lucas tossiu e fez uma cara irônica. – Se o Edu fizer sucesso, ele não vai ter coragem de entregar a direção dos próximos videoclipes pra outra pessoa. Caso contrário, eu conto todos os podres dele.

– O Lucas virou chantagista profissional?! – a Mari quase caiu para trás numa risada histérica. – Você me surpreende a cada dia, namorado lindo.

— E vale lembrar também que minha masculinidade não está em jogo por causa dessa coisa de criar página oficial na internet pra outro macho – o Caíque debochou. – Só fiz porque é meu amigo, e olhe lá!

— Ai, que preconceito nada a ver, Caíque! – a Susana balançou a cabeça e fez careta. – Vocês são todos loucos!

— Antes de mais nada, obrigado pelo fã-clube virtual – a bagunça era tanta que nem o próprio Edu tinha conseguido falar. – Hahahaha! Meu Deus! Quando eu poderia imaginar uma coisa dessas? Só vocês mesmo... Olha, preciso confessar uma coisa. Hoje tive até dor de barriga de medo do confinamento que começa amanhã.

— Pronto, já temos o primeiro furo para o fã-clube – a Mari começou com as brincadeiras dela. – "Cantor Eduardo Souto Maior confessou que teve piriri antes do programa."

— Se vocês postarem esse tipo de coisa, eu mato vocês! – o Edu fez cara de apavorado.

— Calma! – o Lucas o tranquilizou. – Apenas o Caíque e eu temos a senha e vamos apagar todo tipo de indiscrição.

— O que é isso? Censura? – a Mari fez bico e cruzou os braços. – Onde está o direito de livre expressão? E aí, Aninha? Você, uma futura jornalista, me defenda.

— Eu?! – a Aninha enfiou o último pedaço de cachorro-quente na boca.

— Meninas, vocês estão muito elétricas! – o Igor quase engasgou com refrigerante de tanto rir. – Vamos deixar o Edu explicar melhor como tudo vai funcionar a partir de amanhã? O coitado mal conseguiu abrir a boca...

— Valeu, Igor! – o Edu riu e respirou fundo. – Como vocês sabem, o *Internet Pop Music* é uma realização do Canal Global. Eles convidaram cantores jovens e independentes que se destacaram na internet para participar. O lance todo vai se passar numa casa isolada, pois, durante o programa, só teremos contato com a produção. Já no primeiro dia teremos aulas de música e artes em geral. Aulas de todos os tipos, instrumentos, voz, postura, expressão corporal, sobre outros artistas consagrados. Como todos os concorrentes são amadores, da internet, o

objetivo é ver quem tem mesmo talento profissional, depois de todas as oficinas.

— E como a gente vai poder acompanhar? Pela TV? — a Aninha finalmente parou de mastigar.

— Não será transmitido ao vivo todos os dias, como o *Big Brother*, por exemplo. Vai passar na TV só no fim de semana. Mas vai ter uma página oficial, claro, com os perfis dos candidatos, fotos e vídeos. Na maior parte do tempo, será transmitido pela internet, como diz o próprio nome do reality. Não vai ter prova de resistência, faxina, alguém bancando o cozinheiro, nada disso. O objetivo é fazer de lá uma escola, quase uma concentração de guerra. Vamos ter oficinas e ensaios a semana toda e vai ser tudo gravado. Agora, contrariando o nome do programa, os candidatos não terão acesso à internet, não saberemos o que eles vão postar. Ficaremos sem contato com o mundo exterior! No sábado, às 15h entra uma edição na TV com tudo o que rolou, com uma hora de duração, e no domingo haverá apresentação ao vivo, no mesmo horário, apenas para os professores, que servirão como jurados. Todo mundo se apresenta e aí rola a votação pela página oficial do programa. O candidato que receber menos votos é eliminado.

— Estão vendo como foi boa nossa ideia de montar o fã-clube? — o Lucas bateu no peito fazendo cara de metido. — A gente pede para o pessoal do CEM votar! Vamos fazer um monte de campanhas.

— Edu, você pode até ter tido piriri mais cedo, mas, depois dessa explicação toda, acho que sou eu quem vai fazer xixi nas calças de nervoso! — falei, com o coração acelerado. — Vamos torcer muito por você! Eu, especialmente, vou fazer muitas mentalizações de boa sorte.

— Valeu mesmo, Ingrid! — ele mexeu no meu cabelo, fez cara de cãozinho abandonado e abraçou a Susana. — Já estou com saudades da minha namorada...

— Owwwnnnnnn! — nós, meninas, falamos em coro.

— Vai dar tudo certo, amor... — a Susana acariciou o rosto do Edu com tanta delicadeza que parei de respirar por alguns segundos, de tão fofa que foi a cena. — Vou ficar aqui torcendo por você e morrendo de saudades.

Ela pegou a bolsa, que estava em cima de uma mesinha ao canto, e retirou dela um pequeno pacotinho. Com os olhos cheios de lágrimas, o entregou para o Edu.

– É pra te dar sorte e lembrar de mim. Que você seja vencedor nessa batalha.

Nem preciso dizer que todas nós fizemos cara de choro juntas. O Edu abriu o pacotinho e era um colar masculino prata, do tipo militar. Tinha uma chapa retangular para identificação de soldados, com espaço para gravar nome, sexo, idade, tipo sanguíneo, essas coisas. Só que do outro lado a Susana mandou gravar uma nota musical e as iniciais deles, E&S.

Ele sorriu emocionado e já foi colocando o cordão. Deu um beijo na plaquinha e depois na Susana. Pronto. Chororô total.

– Pessoal, eu sei que vocês gostariam de ficar mais com o nosso popstar, mas amanhã todo mundo acorda muito cedo – o professor Rubens, tio dele, fez cara de pesar. – O Edu precisa estar no Canal Global antes das oito.

Um a um, fomos nos despedindo do Edu. Agora, pelas próximas semanas, seria só pela internet e pela televisão.

– Boa sorte, amigo! Arrasa! – eu o abracei.

O Caíque me levou até a portaria do meu prédio. Ele não quis subir, porque já era tarde e a mãe já tinha ligado no celular dele.

– Acho um mico esse negócio de mãe ficar ligando no celular do filho, sabia? – ele reclamou.

– Ah, para de drama, vai? Se ela ligou é porque estava preocupada com o filho. Que, por sinal, é um gatinho lindo – eu o beijei.

– Gatinho lindo, é? – ele me deu outro beijo. – Se eu fosse ficar confinado por dois meses, você ia sentir saudades de mim?

– Eu? Saudades? Claro que não.

– Não?! – ele fez cara de bravo.

– Não ia sentir saudades porque eu não ia deixar que você fosse! – brinquei. – Se quatro dias longe de você já foram uma tortura, imagine dois meses? Não, meu coraçãozinho não aguentaria.

– Ahhhh! – ele me abraçou pela cintura. – Eu não conhecia esse seu lado possessivo.

– Sou baixinha, esqueceu? As baixinhas são possessivas e ciumentas! – fiz uma careta e ele riu. – Que nada, é brincadeira. Agora, sério... Eu nunca ia impedir você de realizar um sonho. Pelo contrário, ia te apoiar, mesmo que precisasse ficar torcendo de longe, por mais que a distância doesse em mim. Ah, e já que estamos falando de ciúmes, quero só ver se você vai se comportar com perfil na internet.

– Vai vigiar meu perfil, é? – ele fez uma cara engraçada. – Vou colocar uma foto nossa bem legal por lá pra dizer que já tenho dona.

– Dona? – ri. – Que brega.

– Brega? Poxa...

– Tô brincando, seu bobo. Eu gostei da surpresa que vocês fizeram para o Eduardo.

– Ele tá muito empolgado com o programa! Mas muito assustado, ao mesmo tempo. Tá com medo de não ter tanto talento quanto pensa. Enquanto era tudo meio que brincadeira, tudo bem. Ele fazia as coisas do jeito dele, sem muita expectativa. Agora ele vai ser cobrado, julgado. Ninguém gosta, né? Ele chegou até a pensar em voltar atrás, mas a gente conversou com ele. Foi por isso que resolvemos fazer a página, pra dar uma força. Afinal, amigos são pra essas coisas. Não é assim que vocês fazem? Aprendemos com vocês.

– Que fofo! – eu o abracei bem forte. – Vou ajudar no que puder, mas agora preciso subir. Te amo.

— Também te amo, minha ruivinha.

Coloquei meu pijaminha confortável e, antes de dormir, fiquei me lembrando da primeira vez em que eu disse "te amo" para o Caíque. Estávamos namorando havia dois meses quando tive de viajar por uma semana. Pensei que eu ia ter um treco de tantas saudades dele. Sabe quando tudo fica chato, sem graça, sem o menor sentido? Eu fechava os olhos e abraçava o travesseiro. Chegava a doer o peito. Foi ali que descobri que a saudade podia causar até dor física...

Era uma semana cheia de feriados, então ficamos sem aulas. Meu padrasto resolveu viajar e, claro, a família toda teve de ir junto. Ele estava estressado demais por conta do trabalho e fomos dar uma força para ele. Era meio que uma colônia de férias. A Jéssica foi quem mais aproveitou! Se tivesse um concurso de Miss simpatia, ela seria coroada com honras. Mas eu não conseguia parar de pensar no Caíque nem por um minuto.

O clima estava bom e o hotel tinha uma varanda de frente para as piscinas. Peguei um livro na bolsa e um envelope caiu. Quando o abri, tomei um susto. Era uma foto minha e do Caíque. Além da foto, tinha um bilhetinho.

> Gostou da surpresa? Escondi no seu livro favorito. Sabia que em algum momento da viagem você ia pegá-lo. A foto é pra você não se esquecer de mim. Não sou mais bonito que qualquer garoto aí nessa colônia de férias?! Modéstia e brincadeiras à parte, eu vou morrer de saudades. Meu lado egoísta quer que você volte logo, mas meu lado "namorado legal" quer que você se divirta.
>
> Beijos,
> Caíque.

Boa sorte, Edu!

    Na mesma hora telefonei para ele! Falei que tinha adorado a surpresa. Quando fui me despedir, sem qualquer intenção, a frase escapuliu.
– Tchau, meu amor! Te amo.
    Silêncio do outro lado da linha. Foram os dez segundos mais longos da minha vida.
– Te amo mais! – ele respondeu.
    E um sorriso bobo ficou colado no meu rosto até o fim da viagem...

4
Carlinhos

Nem deu tempo de checar se era permitido ou não, só sei que a Jéssica cismou de ir comigo na ONG. Imprimi em casa vários desenhos para colorir e, quando ela viu, se apaixonou. Pesquisei diversos deles na internet e escolhi os mais legais para levar para a recreação. Eu estava em férias do CEM, mas não das minhas atividades na ONG Reaprendendo a Viver.

– Jéssica, você é muito engraçada! – apertei suas bochechas e ela fez uma careta. – Uma hora você é toda metida a mocinha e nem quer mais festa de aniversário com mágico e balões coloridos. E na outra você quer pintar desenhos? Decida-se!

– Ah, minha irmãzinha linda, me leva, vai, por favor! Está muito chato ficar aqui em casa sozinha. Eu te ajudo a tomar conta das crianças – disse ela com toda a propriedade, como se não fosse uma delas.

Quando perguntei se poderia levá-la, minha mãe ficou um pouco preocupada. Então, antes de sairmos de casa, ela resolveu ter uma conversa com a minha irmã.

– Querida, eu deixo você ir com a Ingrid, mas preciso que você saiba que lá você vai encontrar várias crianças, e elas são bem diferentes das do colégio ou das que você conhece aqui do condomínio.

Carlinhos

– Diferentes como, mamãe? – ela fez uma cara confusa.

Minha mãe fez um esforço enorme para encontrar as melhores palavras:

– Elas estiveram doentes por muito tempo e estão lá recuperando a saúde. Então, as brincadeiras são diferentes, mais calmas, nada de ficar correndo pra lá e pra cá. Você vai notar que algumas têm machucados ou estão sem os cabelinhos. Algumas doenças fazem o cabelo cair, mas logo nascem de novo. Então, se você encontrar coleguinhas assim, não é para rir ou apontar. Você entendeu? Elas sofreram muito e agora precisam se alegrar.

– Tadinhas, mamãe. Eu não sabia disso. Prometo que não vou rir nem apontar pra ninguém. Isso seria uma baita falta de educação.

– Agora vamos? Quero só ver se você será uma boa ajudante.

– Eu serei a melhor ajudante do mundo, Ingrid! – ela fez uma pose solene, arrancando risos da mamãe.

Eu estou tão acostumada com as crianças da ONG que nem passou pela minha cabeça que outras crianças pudessem estranhar. De repente senti uma tremenda dor no coração de pensar que possa existir gente que debocha de crianças, ainda mais doentes.

Chegamos dez minutinhos antes do horário, e, conforme prometido, a Jéssica me ajudou a arrumar as cópias dos desenhos nas mesas. Enquanto isso, peguei as caixas de lápis de cor e giz de cera.

Assim que as crianças chegaram, correram para me abraçar. Já conhecendo a rotina, logo foram para os seus lugares. Elas ficaram encantadas com os desenhos. A Jéssica olhava tudo de forma curiosa. Depois de uns cinco minutos, a coordenadora entrou com um novato.

– Oi, Ingrid! – ela segurava o menino pela mão. – Este é o Carlinhos. Ele vai começar hoje na sua turma e tenho certeza de que vai adorar as atividades.

– Olá, Carlinhos! – eu o puxei pela mão e o abracei. – Seja bem-vindo! A gente vai se divertir bastante. Venha comigo, vou mostrar seu lugar.

O Carlinhos é negro e tem uns 7 anos mais ou menos. Ele estava carequinha e bem magro, certamente se recuperando de um câncer. Fiquei

com pena, mas não perguntei o que ele teve. Nós preferimos falar de coisas alegres, e não ficar relembrando a doença. Apesar de aparentemente estar bem, ele ficou tímido por estar entre tantas crianças. E foi aí que a Jéssica me surpreendeu.

– Oi, eu sou a Jéssica! Sou irmã da Ingrid. Estou doida pra pintar, você me ajuda?

Ele sorriu e foi se sentar com ela. Logo eles estavam escolhendo as melhores cores e começaram a pintar um desenho com vários pássaros. Eu me distraí com as outras crianças e, quando vi, o desenho deles já estava repleto de azul, vermelho e amarelo.

O tempo passou rápido e logo já estava na hora de ir embora. Dei um abraço em cada uma das crianças e o Carlinhos saiu de lá com um lindo sorriso no rosto. Guardei todo o material enquanto a Jéssica colocava as cadeiras no lugar.

– Muito bem! – eu a abracei. – Você foi uma ajudante excelente!

– Eu não falei? – ela fez pose de metida, para rir em seguida. – Você duvidou de mim, bem feito!

– Eu? Duvidar de você? Nunca.

– O Carlinhos está carequinha. Ele teve uma doença que fez cair o cabelo, assim como a mamãe falou.

– Ele te contou alguma coisa?

– Ele disse que teve leucemia e tomou remédios muito fortes. Ele ficava enjoado. Disse que vomitava muito e que o cabelo caiu. Fiquei com pena.

– Se ele está aqui na ONG, significa que já está curado e logo os cabelos vão nascer de novo, você vai ver. Bom, sabe o que você merece por ter sido uma ótima ajudante? Um milk-shake de chocolate!

– Uhuuuu! Oba!

* * *

Dois dias depois, voltei para a ONG. No período de férias, me comprometi a ir até lá duas vezes por semana, já que teríamos mais atividades para as crianças. Apesar de a Jéssica ter curtido me ajudar, acabei indo sozinha. Como competir com o Gabriel, não é mesmo? Nem pensar. Dessa vez a brincadeira seria na casa dele, com campeonato de videogame. Ela não sabia se pulava de felicidade pela casa, ou se escolhia a melhor roupa do armário. A coisa boa disso tudo é que eu acabaria ganhando uma carona da mamãe. Ela ia buscar a Jéssica e depois passaria para me pegar.

Todas as crianças chegaram animadas, inclusive o Carlinhos. Por conta própria, ele fez um desenho do Super-homem e me deu de presente. Que fofo! Ele me disse que seu sonho era voar, por isso tinha escolhido um desenho de pássaro na atividade anterior.

Faltando apenas dez minutos para a atividade terminar, minha mãe e a Jéssica apareceram na porta. Ela foi correndo ao encontro do novo amiguinho e o beijou no rosto. Aquela era a segunda visita que minha mãe fazia à ONG.

– Que lugar lindo e bem cuidado, filha! – ela me abraçou. – Está muito melhor do que da outra vez que vim. Estamos atrapalhando? Acabei chegando mais cedo e resolvi entrar.

– Não, já estamos quase acabando. Que bom que você veio! E então... – tentei conter o riso, mas não consegui. – Conheceu seu futuro genro?

– O Gabriel? – ela falou alto, então tapou a boca em seguida. – Que garoto mais lindo. Se eu tivesse a idade da Jéssica ia querer ser amiga

dele também. Mas, pelo que pude perceber, essa paixonite é só da parte dela, porque ele só quer brincar, como qualquer garoto. A sua irmã que é precoce demais.

– Tadinha, tão nova e já tem um amor platônico...

A atividade acabou e eu rapidamente guardei o material. O Carlinhos viu a mãe na porta da sala e saiu correndo para abraçá-la.

– Não precisa correr, filho! – ela sorriu.

Ela é negra, alta, lindíssima. Seus cabelos ostentavam um penteado afro, com trancinhas até a altura dos ombros. Ela usava um vestido azul e um grande colar dourado.

– Mamãe, vem conhecer minha professora! – o Carlinhos a puxou pela mão.

Achei engraçado ele me chamar de professora. Fui ao encontro dela e, para meu espanto, não foi bem para mim que ela olhou. Ela sorria enquanto andava na minha direção, mas de repente ficou com uma expressão confusa.

– Maria Beatriz?! – ela falou com a minha mãe, que fez uma cara confusa bem parecida.

– Sílvia? Nossa, quanto tempo!

– Verdade! – ela concordou. – Acho que pelo menos uns vinte anos.

– Ué, vocês se conhecem, mãe? – perguntei. – De onde?

Percebi que minha mãe corou. A Sílvia sorriu e se adiantou na resposta.

– Seu nome é Ingrid, não é? – Eu confirmei com a cabeça. – Namorei o Inácio, seu pai, antes da sua mãe. Nossa, que coincidência!

Mas que babado! A fofoca do ano! E não era fofoca de corredor de colégio, não, nem das redes sociais. Era da minha mãe! Eu devo ter feito uma cara tão engraçada que as duas começaram a rir.

– Mãe, o Leonardo veio com você? – o Carlinhos chamou a atenção da Sílvia puxando a barra de seu vestido.

– Veio, filho. Ele está lá no carro esperando a gente. Prazer em revê-la, Bia – ela se virou para minha mãe, chamando-a pelo apelido. – Parabéns pela filha. Não é qualquer adolescente que trabalha como voluntária hoje em dia. Ainda mais com crianças com tantos problemas.

Carlinhos

– Obrigada – foi a única coisa que a minha mãe conseguiu responder. Eu senti que ela estava meio engasgada.

Fomos todos caminhando em silêncio para a saída da ONG. De repente, o Carlinhos soltou a mão da mãe dele e saiu em disparada na direção do rapaz que estava encostado do lado da fora de um carro estacionado em frente. Entendi na hora que devia ser o irmão, o Leonardo. Eu quase caí pra trás quando o vi!

Desde a morte do Michael Jackson, em junho de 2009, um monte de especiais começou a passar na tevê e eu sempre assisto todos. Esse ano, resolvi buscar mais coisas na internet e achei um videoclipe de um sobrinho do Michael, o Austin Brown. Lindo! Particularmente, acho divino homem que sabe dançar, e o Austin com certeza é um deles. O Leonardo era uma cópia fiel do Austin! Era tão alto quanto a Sílvia e estava de óculos escuros. Quando o Carlinhos se aproximou, ele tirou os óculos e o abraçou, abrindo um enorme sorriso. O Carlinhos acenou na nossa direção e entrou no carro. Logo em seguida, a Sílvia também entrou e o Leonardo assumiu o volante. Definitivamente, uma família linda. Eu estava hipnotizada pela cena e, quando olhei para a minha mãe, ela estava ainda mais do que eu. Precisei chamá-la duas vezes para que ela me indicasse em que direção havia estacionado.

Mamãe seguiu calada durante todo o trajeto de volta e ficou assim o restante da noite. Ela deve ter ficado abalada por ter reencontrado uma ex-namorada do meu pai. Aliás, ela fala muito pouco dele. O que eu sei do meu pai vem das fotos que ela guarda cuidadosamente numa caixa na parte de cima do guarda-roupa. O Sidney, meu padrasto, é minha referência de pai. Afinal de contas, ele me criou. Nunca tive grandes traumas por não ter conhecido meu pai biológico. Ele morreu em um acidente de carro quando eu era muito nova, então infelizmente não me lembro de muita coisa. Acho que a minha mãe teve muita sorte ao encontrar o Sidney pouco tempo depois. Não deve ser nada fácil criar uma criança sozinha. E ele cuidou de mim com muito carinho, tanto que não consigo ver diferença na forma como ele trata a Jéssica e a mim.

Eu tinha decidido não comentar nada sobre o encontro bombástico, pois ela tinha ficado visivelmente abalada. Mas, como ela ficou calada demais, eu não aguentei. Aproveitei que meu padrasto tinha ido dormir mais cedo e toquei no assunto.

– Mãe, estou te estranhando. Você ficou muito esquisita depois que encontramos a Sílvia.

– Fiquei? – ela tentou disfarçar, mas eu fingi que não percebi. – Ahhhh... Se fiquei, deve ter sido pelo susto, né? Encontrar uma pessoa quase vinte anos depois faz a gente se lembrar do passado. O que aquele menino, Carlinhos, teve?

– Ele acabou de entrar na ONG. Só o que sei é que ele teve leucemia.

– Não deve ser fácil para uma mãe... – ela ficou olhando fixo para a parede. – Deve ter sido muito difícil acompanhar um tratamento tão doloroso.

– Sim, deve mesmo. Mas fala a verdade. Não foi o Carlinhos que te deixou assim. Ela namorava meu pai antes... Ele terminou com ela pra ficar com você?

– Ai, filha. Estou com tanto sono. Vamos dormir?

– Tudo bem...

Ela fugiu totalmente do assunto, e dessa vez nem disfarçou. Humm, mistério na família. O que será que aconteceu?

5
Enfim o IPM!

O fim de semana foi tranquilo. Na verdade, aproveitei o friozinho para dormir até mais tarde. O Caíque veio aqui em casa e, claro, assistimos a uns filminhos. Como ele não curte as minhas comédias românticas, tive que procurar uns de ação. O que a gente não faz pelo namorado, não é mesmo? Eu não sou muito fã, mas assistir abraçadinha com ele foi tudo de bom! Para não ficar tão cansativo para mim, ele pelo menos escolheu uns filmes com super-heróis. Tem umas pancadarias básicas, mas nada insuportável. E os atores são tão gatinhos... Mas esse detalhe eu não mencionei, óbvio. Sou uma namorada fofa e romântica, mas não sou cegueta.

Eu nem acredito que já vamos fazer um ano de namoro! Dos namorados das MAIS, ele é o mais quieto e caseiro. Gosto disso. Só tem uma coisa me incomodando: o novo perfil dele na internet. Sim, estou dando uma de Mari e estou com ciúmes.

Ele não gostava de redes sociais, achava "um saco", palavras dele. Mas, com a página do fã-clube que eles resolveram fazer, o Caíque acabou criando seu perfil. E adivinha quem está entre os contatos? A ex, a Daniela, aquela bruxa. Ela estava muito bem namorando o Renato, que era da nossa classe no ano passado. Só que eles terminaram. Espero que ela fique bem quietinha no canto dela e deixe o meu Caíque em paz! Fiz que nem vi, sabe? Para não chamar a atenção.

Na segunda-feira à tarde, fomos em peso para a casa do Lucas. O site do *Internet Pop Music*, que já apelidamos de IPM, seria lançado e estávamos ansiosos demais. O confinamento tinha começado praticamente uma semana antes, mas só agora iam mostrar tudo.

Bem que a Mari falou que a mãe dele fazia uns doces fantásticos. Ela contou ainda que os pratos salgados da sogra eram horríveis, mas os doces, maravilhosos. O que é um tanto estranho. Como alguém consegue fazer comidas horríveis e doces deliciosos? O jeito como a Mari fala imitando a mãe do Lucas é muito engraçado. Claro que ela não faz isso na frente dele; imagina se ele descobre? Tinha bolo de cenoura com chocolate e refrigerante. Humm... Mas, como a ansiedade era grande, o lanche teria de esperar um pouquinho.

Apesar de passar na tevê no fim de semana, o forte mesmo do programa seria a internet, como o Edu tinha explicado. Já que os candidatos foram descobertos por meio da web, nada mais justo que a maior parte da divulgação seja feita pelas redes sociais. O perfil oficial do programa no Twitter tinha acabado de ser divulgado e já contava com mais de cinquenta mil seguidores!

– Que loucura, gente! – a Aninha começou a roer as unhas. – Vai dar mais audiência do que eu pensava. O Canal Global é a cabo, e, confesso, não botava tanta fé assim.

– Tira o dedo da boca, loira! – a Susana deu um tapinha nela. – Não estrague a francesinha que eu ensinei! – A Aninha fez careta e enfiou as mãos nos bolsos do jeans.

– Vou postar o link da nossa página e marcar o perfil oficial deles! – o Lucas digitava freneticamente. – Vai que divulgam, né?

– Isso! – o Caíque concordou. – Assim a gente também já começa a aumentar nosso número de seguidores.

– Já divulguei para os meus amigos – foi a vez do Igor. – Pedi para o pessoal do meu colégio ajudar a divulgar e para votarem no Edu, claro, quando for a hora.

– Que namorado lindo eu tenho! – a Aninha lançou beijinhos no ar. – Assim que a gente voltar para o CEM, eu tenho de fazer uma matéria sobre ele no jornal correeeendo.

– Calma, Aninha! – a Mari bufou. – A gente mal entrou em férias e você já quer voltar pra lá? Sossega o facho.

– Vocês falam muito! – o Lucas riu. – Meu Deus!

– Hahahaha! Anda logo, vamos ver o perfil de todos os candidatos! – a Mari tentou mexer no notebook do Lucas, mas ele não deixou.

– Você é muito estabanada, dona Maria Rita! – ele fingiu esbravejar para em seguida mandar uma piscadinha. – Eu mexo aqui, combinado?

– Olha, gente, vou contar uma coisa pra vocês... – a Mari fez uma cara suspeita. – Sabiam que o Lucas chama o notebook dele de Gioconda?

– Ah, é mulher? *A* notebook? – eu tive que zoar. – Explica isso aí, Lucas. Por que Gioconda?

– Gente, depois da Mari é a pessoa com quem eu mais me relaciono. E *Gioconda* é o nome do famoso quadro do Leonardo Da Vinci, bando de ignorantes! A *Mona Lisa*. Fiquei fascinado pela história do quadro depois que assisti ao *O código Da Vinci*, aquele filme baseado no livro do Dan Brown.

– Notebook agora é *uma pessoa*? E mulher? – o Igor riu alto. O namorado da Aninha é muito divertido e brincalhão. – Vou dar um nome para o meu celular também. Tenho sérias desconfianças de que sejam parentes.

– Ahhhh, para de palhaçada! – a Aninha deu um tapinha de leve no braço do Igor. – Já não basta viver grudado nesse aparelho e ainda quer dar nome de mulher pra ele? Nem vem!

– E detalhe, né? – eu não consegui conter o riso. – A Mona Lisa tem mais de 500 anos! Lucas, você curte mulheres mais velhas? – brinquei.

– Era só o que me faltava, Ingrid! – a Mari fez bico.

– Gente! Cala a boca! – o Lucas chorava de tanto rir. – Vocês falam demais, tô ficando tonto. O notebook é meu e, se eu digo que é *mulher*, o problema também é meu.

– Ai, agora sou eu quem digo: Cala a boca! – a Susana puxou os cabelos. – Quero saber se já tem notícias do meu namorado, pode ser?

Acho que todo mundo ficou com medo da Susana; o silêncio foi tanto que deu para ouvir o cachorro da rua de trás latindo. O Lucas a obedeceu rapidinho e deu uma olhada geral no site. Infelizmente ainda não divulgaram nada do que está acontecendo lá dentro, nenhum vídeo foi postado. No site oficial estão as regras do confinamento, links das redes sociais, as logomarcas dos patrocinadores e o perfil de cada candidato. No total eram oito, cinco rapazes e três garotas. A maioria já tinha 18 anos, só o Edu e uma tal de Brenda Telles eram menores de idade.

Lanchamos o famoso bolo de cenoura da mãe do Lucas e, logo em seguida, a Susana foi embora. Em um tipo de acordo silencioso, troquei olhares com as meninas e ficamos mais um pouco. Até que a Aninha falou o que estava praticamente engasgado em todas nós.

– Gente! O que é aquela Brenda Telles? – ela colocou as mãos no rosto igualzinho ao Macaulay Culkin em *Esqueceram de mim*.

– Ela não podia ser menos cabeluda? – lamentei. – Ela parece uma sereia com aqueles longos cabelos pretos e brilhantes. Além de ser alta, né? Uma ofensa pra qualquer baixinha como eu.

– É... Cabelos brilhantes! – a Mari bufou. – Até demais, de arder o olho! E aquele par de olhos verdes gigantes? Poxa, será que não tinha uma garota mais feinha pra participar do programa? E justamente da idade do Edu? E ainda por cima do Rio de Janeiro?

– Não estou tendo um bom pressentimento... – a Aninha fez uma cara de sofrimento que devia estar bem parecida com a minha.

– Não vamos nos precipitar, não é mesmo? – a Mari teve um rompante de otimismo. – Vamos confiar no taco da nossa amiga.

– Isso! – apoiei – Pensamento positivo! Xô, sereia!

– Xô, sereia! – gritamos, para espanto dos meninos, que não entenderam nada.

Não satisfeita, procurei o perfil da Brenda Telles na internet assim que cheguei em casa. Além de bonita, ela canta muito bem! E tem praticamente o triplo de seguidores do Edu. Concorrente fortíssima!

De repente meu celular tocou.

– Postaram mais coisas no site do IPM, corre lá, ai, meu Deus! – a Susana gritou feito uma louca e desligou.

Eu tive que rir. Coitada, está enlouquecida com essa história. Entrei no site. Na página inicial, tinha um vídeo de uns dez minutos com os oito participantes chegando na casa, que era enorme! Já tinha visto as fotos, mas foi pelo vídeo que deu para ver melhor.

Havia dois quartos. Um para as três garotas e o outro, maior, com cinco camas de solteiro, para os garotos. Tinha estúdio de gravação e uma sala cheia de instrumentos musicais. Uma academia de ginástica, com muitos espelhos e aparelhos. Uma sala enorme cheia de sofás e uma tevê gigante. Uma espécie de biblioteca com muitos livros, mas também com uma vasta coleção de vídeos. Havia ainda a cozinha e uma grande mesa de jantar. As casas de reality shows geralmente têm piscina, né? Pois bem, essa não tinha! Por que será? Se as meninas estavam esperando ver os garotos só de sunguinha se deram mal. Se bem que, analisando a coisa toda, só mesmo o Edu e um tal de Raphael eram realmente bonitos.

Pelo que entendi vai ser ralação total, viu? Ensaios o tempo todo, estudos, malhação... Na parte do site com o perfil dos candidatos, entrou um vídeo de cada um se apresentando. O do Edu ficou fofo! "Oi, eu sou o Eduardo Souto Maior, sou carioca, tenho 14 anos e curto música pop e romântica. Quero ser o mais novo ídolo pop da internet e vou me dedicar ao máximo! Conto com a sua torcida e com o seu voto!"

Os outros candidatos falaram praticamente a mesma coisa, só que cada um no seu estilo. As meninas fizeram charme. A Brenda Telles apareceu jogando os cabelos e fazendo biquinho. As outras duas meninas, a Mariah e a Sabrina, são respectivamente de São Paulo e Cuiabá. O Raphael também é de São Paulo, o Thales, de Recife, o Thiago, de Porto Alegre e o Greg, de Brasília. Vários sotaques diferentes!

– O que você está assistindo, filha? – minha mãe entrou no quarto.

– Os concorrentes do Edu no IPM, especialmente uma tal de Brenda Telles. As meninas e eu ficamos preocupadas por causa do namoro dele com a Susana. A garota é muito bonita e da idade do Edu.

– Sei... – ela estava com o semblante preocupado, então desconfiei de que nem ouviu nada do que falei.

De repente, ela se sentou na beirada da minha cama e começou a chorar. Tomei o maior susto! Antes que a Jéssica pudesse ver, corri e fechei a porta.

– Mãe, o que houve? O que aconteceu pra você chorar desse jeito?

– A Sílvia! Não sai da minha cabeça, não consigo parar de pensar.

– Ela te trouxe muitas lembranças do meu pai, não foi? Calma, mãe, ela é só uma ex. Já faz tanto tempo, por que você ficou tão abalada? Você nunca foi ciumenta. Conta pra mim, o que foi que aconteceu?

– Pior que estou tendo um ataque de ciúmes sim, Ingrid. É mais sério do que você imagina.

– Eu tentei conversar sobre isso naquele dia, mas você fugiu do assunto, não quis me contar.

– Não é isso, é que eu estava chocada demais para falar qualquer coisa que fizesse sentido. Mas, depois de vários dias pensando, só pode ser isso, só pode!

– Só pode o quê, mãe?

Ela chorou mais ainda. Fiquei paralisada olhando para ela. Quando uma das meninas chora porque brigou com o namorado, eu sei o que fazer. Mas como consolar a minha própria mãe com ciúmes da ex-namorada do meu pai, que até já morreu?

Passados uns minutinhos, ela enxugou o rosto com as costas da mão e soltou a bomba:

– Sabe aquele rapaz, Leonardo? O irmão mais velho do menininho que ficou doente? Estou com sérias suspeitas de que ele seja filho do Inácio. Acho que ele é seu irmão!

6
De volta ao passado

Minhas pernas ficaram bambas e caí sentada na cama. Meu coração começou a bater tão forte, mas tão forte que eu pensei que fosse desmaiar.

– Mãe... – falei quase num sussurro. – Como você pode achar uma coisa dessas? Por quê?

E ela me olhou séria, como nunca tinha feito antes. Parecia outra pessoa na minha frente, aquilo tudo era absurdamente assustador.

– Não gosto muito de falar sobre isso. Eu sei, parece esquisito eu não querer falar sobre o seu pai. Eu fiquei arrasada com a morte dele, achei que não fosse suportar. A gente se conheceu na faculdade, como você sabe. Quando eu entrei, ele já estava no terceiro período, e eu ficava encantada quando o via passar pelo corredor. Ele era ruivo e cheio de sardas, assim como você. Um dia, eu estava fazendo um trabalho na biblioteca, com vários livros espalhados pela mesa. Naquele dia ele veio falar comigo, disse que tinha feito um trabalho bem parecido. A partir dali começamos a conversar e logo depois a namorar. Eu ficava toda boba desfilando de mãos dadas com ele pelo campus.

– Ah, mãe, que fofo! – meus olhos encheram de lágrimas.

– Namoramos quase todo o tempo da faculdade. Mas, quando ele estava no último período, me pediu um tempo. Eu não fazia ideia do motivo, para mim estava tudo bem. Depois de eu insistir muito, ele acabou confessando que tinha reencontrado a primeira namorada, a Sílvia. Que estava muito confuso e precisava entender melhor as coisas. Foi muito difícil encontrar o Inácio com ela em um restaurante duas semanas depois. Eles estavam tão grudados que eu passei mal de tanta raiva.

 Minha mãe sempre foi muito mais minha amiga do que mãe. Mas aquela cena era completamente nova para mim. Ela nunca tinha conversado comigo sobre essas coisas. Por quê? Eu olhava fascinada para ela. E essa fascinação também aconteceu porque de repente eu percebi que, antes de ser minha mãe, ela também foi jovem, se apaixonou e, infelizmente, se decepcionou. Uma pessoa como outra qualquer! Por que será que temos visões tão distorcidas dos nossos pais? Por que achamos que eles já nasceram adultos?

– Posso fazer uma pergunta meio chata? – ela concordou com a cabeça. – Você ficou com ciúmes pelo fato de ela ser negra? Isso te incomodou na época? Sei que parece uma pergunta totalmente preconceituosa, mas eu preciso saber.

– Infelizmente, fiquei. Não vou fingir que fui santa. O meu primeiro pensamento foi preconceituoso sim, ainda mais estando movida pelo ciúme. Quando a conheci, alta e linda, como você viu naquele dia, eu senti um baque. Mas depois tive a chance de conhecê-la melhor. E ela se mostrou muito legal. Sabe quando você quer ter raiva de uma pessoa, mas não consegue? Eu tinha todos os motivos para odiá-la, mas eu sentia uma mistura de inveja e ciúmes. Eu estava transtornada, mas precisava fingir que era a coisa mais natural do mundo ver o namorado que eu tanto amava com outra.

– Mas como foi que vocês reataram?

– Um mês depois ele veio me procurar dizendo que na verdade gostava de mim. Que tinha confundindo os sentimentos e que quis resgatar algo que tinha acontecido quando ele tinha 14 anos. Foi com essa idade que ele conheceu e namorou a Sílvia. Mas, aos 22, ele se deu conta de que sentia apenas um grande carinho pelas lembranças do que teve com ela, que tinha confundido as coisas e que amor mesmo era o que ele sentia por mim. Ele pediu desculpas, mas eu estava magoada demais para aceitar. Demorei um mês ainda para reatar o namoro; eu relutei, não queria, mas era apaixonada demais por ele, foi mais forte.

– E a Sílvia? O que aconteceu com ela?

– Depois eu soube que ela havia se mudado para outra cidade e me esqueci dela. Um ano depois, nós nos casamos e esse assunto ficou no passado. Mas, quando eu vi o Leonardo, o filho mais velho dela, tudo voltou na minha cabeça.

– Por quê? O que te faz pensar que ele possa ser meu irmão?

Ela retirou uma pequena foto do bolso de sua calça jeans.

– Esta foto do Inácio está bem nítida. Os olhos dele eram bem redondos, grandes e castanhos mais claros. Quando ele tirou os óculos para abraçar o irmão, eu fiquei em estado de choque. O formato, a cor dos olhos e o jeito de olhar são idênticos. Parece coisa de filme, né? De filmes antigos, em que exames de DNA não eram citados nem em ficção científica. Mas é exatamente isso. E a idade dele é completamente compatível.

– Mãe, isso está muito confuso. Você não pode achar uma coisa dessas se baseando no formato ou na cor dos olhos. Por que ela não voltou pra dizer que tinha tido um filho dele? Não faz sentido.

– Não sei. A única coisa que sei é que estou à beira de um ataque de nervos de tanto pensar nessa história.

– Você vai perguntar pra ela?

– Com que cara, Ingrid? Como eu vou fazer uma pergunta dessas? Espero ela buscar o filhinho na ONG e digo: "Oi, Sílvia, você teve um filho com meu marido?"

– Também não é assim né, mãe? Mas, se você estiver mesmo certa e ele for meu irmão, eu vou querer conhecê-lo. Você vai se importar? Vai ficar chateada comigo?

– Não sei – ela se levantou, torcendo as mãos. – Falei demais, estou estourando de dor de cabeça.

Ela saiu voando do meu quarto. E eu, que gosto tanto de filmes românticos e um tanto dramáticos, estava no meio de um. Que maluquice, gente do céu! Será que tenho um irmão mais velho?

No dia seguinte nem vi minha mãe sair para o trabalho. Apesar de eu estar em férias, acabei acordando cedo e meu padrasto estava tomando café da manhã.

– Bom dia, Ingrid! – ele sorriu. – A Bia foi trabalhar e nem me acordou... Ela disse alguma coisa? Liguei para o celular e ela não atende. Parece que ela anda meio nervosa.

– Ela comentou que estava cheia de trabalho, deve ser isso – menti, coisa que detesto fazer, mas como eu podia contar o verdadeiro motivo? – Não precisa se preocupar.

Votei rapidinho para o quarto e mandei uma mensagem para ela falando da preocupação do Sidney. Ela me respondeu agradecendo pelo toque. Pela rapidez da resposta, ficou claro que ela não o atendeu de propósito.

Eu quase nem tinha conseguido dormir direito, pensando naquela história toda. Tentei, inclusive, encontrar um perfil do Leonardo na internet, mas o que eu consegui foi dar de cara com a nova foto do perfil da Daniela. Ela aparece fazendo biquinho para um pirulito, daqueles redondos e coloridos. Não estou gostando nada desse meu lado ciumento de internet. Eu, hein? Já vi a Mari criar confusões horríveis por causa disso. Vou tentar não dar a mínima para essa garota.

Eu voltei para a cama. Fazia aquele friozinho gostoso de julho e eu fiquei debaixo das cobertas. Peguei um livro que a Aninha tinha me emprestado, *Perdida: um amor que ultrapassa as barreiras do tempo*, da Carina Rissi. Imagina se sem querer você acabar viajando no tempo, ir parar em 1830 e encontrar um grande amor? Uauuu! Eu já estava no quinto capítulo, louca para saber como ela ia fazer para voltar para o presente, quando o telefone tocou.

– O que você tá fazendo de bom? – o Caíque perguntou todo carinhoso.

– Lendo e pensando em você...

– Você não tem vergonha de mentir? – ele brincou, se fazendo de indignado. – Duvido que você estivesse pensando em mim.

– Ah, mas que ingratidão! – eu ri. – Eu estava lendo uma história de amor. Como eu não me lembraria de você? O que você tá fazendo?

– Tentando colocar as coisas do meu quarto em ordem. Meu pai passou ontem na porta e falou um monte. Mas eu te liguei pra contar uma notícia fresquinha e bem engraçada.

– Ah, é? Qual?

– Você acredita que no dia em que vamos completar um ano de namoro vai estrear *Coelhos alienígenas 2*?

– Hahahaha! Meu Deus, isso é sério? Exatamente um ano depois?

– Sério. Já viu o que nos aguarda, né?

– Caramba! Vamos ter que levar o Caio e a Jéssica pra ver e de quebra ainda comprar o lanche com os bonecos dos coelhos?

– Pra não quebrar a tradição! Vai que dá azar? – ele riu.

– Não podemos correr esse risco! Se é pra manter a tradição, temos que ir ao Arpoador.

– Humm, bem lembrado. Então já temos um encontro marcado.

– E também quero uma carta.

– Ah, mas aí não vai ter graça, você vai saber que sou eu. O legal é que você não sabia que era eu quem te mandava as cartas.

– Não quero nem saber, use a criatividade! Hahahaha! Estou falando sério. Quem me mandava aquelas cartinhas era o Júnior, sua identidade secreta. Agora quero que o Caíque mande.

– Por isso dizem por aí que as baixinhas são folgadas.

– Eu não sou folgada, sou fofa!

– Baixinha, folgada, fofa que eu amo.

– Owwwnnnn... Também te amo.

Júnior. Príncipe Júnior. Quem diria... Eu era apaixonada pelo Caíque e minha irmã acabou sendo o cupido. Aquela história foi engraçada! O Caíque fez amizade com a Jéssica porque o irmãozinho era da turma dela. Ele aproveitou que ninguém sabia que seu apelido era Júnior e me mandava bilhetinhos pela minha irmã. Meu namorado é romântico, vamos combinar! Tirando o acesso de ciúmes que ele teve do Marcos Paulo no início do ano, posso afirmar que o Caíque é praticamente o namorado perfeito.

Nada como falar bobagens com ele pelo telefone. Incrível como tudo parece ainda mais especial. Só de ouvir a voz dele fico toda feliz. Até a respiração dele do outro lado da linha parece a mais fofa de todas...

7
Uma parte de mim

É mais um dia de férias... Depois do almoço, deixei a Jéssica na casa da avó e segui para a ONG. Dessa vez, a atividade seria com cantigas de roda. Ainda bem que eu não fazia parte do reality show do Edu! Canto muito mal, coitadas das crianças. Mas, apesar de eu ser desafinada, foi superdivertido. Algumas delas não conheciam cantigas como "Marcha soldado", "Ciranda cirandinha" ou mesmo "O cravo e a rosa".

Para minha surpresa, o Leonardo foi buscar o Carlinhos depois das atividades. Ele aparecer por lá justamente depois da conversa tensa que eu tive com a minha mãe foi muita coincidência. Ou não. Afinal ele já tinha aparecido outra vez, era natural que aparecesse de novo. Ele vestia camisa polo e calças brancas. Quando abri a boca, a pergunta saiu sem passar pelo filtro da educação ou do bom senso.

– O que você faz para usar branco?

– Faço faculdade de fisioterapia e estou voltando do estágio – ele sorriu, simpático.

– Ah, que legal! – respondi, tentando reparar na semelhança com os olhos do meu pai que tanto incomodou minha mãe. Mas, como ele é alto demais, ficou difícil fazer qualquer comparação. – Eu tô morrendo de fome. Vocês não querem fazer um lanche comigo na lanchonete da esquina?

Sério. O que deu em mim? Como eu o convido para comer assim, do nada? Eu estava tão curiosa que perdi completamente a noção das coisas. De repente, me lembrei da brincadeira da Fada da Troca de Personalidades. Meses atrás, nós inventamos essa fadinha, já que estávamos assumindo características da personalidade umas das outras. Especialmente quando a Aninha se apaixonou pelo Igor. Acho que fui atacada pelo mico de estimação da Mari, só pode ser.

– Também tô morrendo de fome. Vamos, Carlinhos?

– Só se eu puder comer hambúrguer com batata frita... – ele arregalou os olhos e ficou tão contente que era impossível dizer não.

Entramos na lanchonete e pedimos lanches iguais para agradar ao Carlinhos. Por causa da doença, ele havia passado por uma dieta rigorosa. Mas, com a alta, a mãe foi aos poucos liberando seus lanches favoritos, e ele não se aguentava de tanta alegria por um simples hambúrguer. Como era uma lanchonete voltada para alimentação saudável, o sanduíche tinha pouca gordura e as batatinhas eram assadas. Não faria mal para ele. Depois de comer, o Carlinhos nem deu mais bola pra gente. Pegou o celular do irmão e ficou jogando freneticamente enquanto a gente conversava.

E o Leonardo se revelou um amor de pessoa! Ele era alto e forte, musculoso, mas sem exagero. Digamos que, quando ele entra em um lugar, é logo notado por seu porte físico. Seu sorriso é branco e perfeito. Apesar de ainda estar no terceiro período de fisioterapia, quis começar a trabalhar logo. Ele estudava na parte da manhã e fazia um estágio de quatro horas no período da tarde. Adora música e sabe tocar bateria. Achei superdiferente! Ele contou histórias hilárias de reclamações dos vizinhos por causa do barulho. Mas, apesar do gosto musical, optou por fisioterapia depois de ter de fazer várias sessões quando se machucou jogando futebol.

Eu tentava em vão encontrar alguma semelhança física entre nós dois. Como estávamos sentados, ficava mais fácil para a baixinha aqui olhar direito nos olhos dele. Eu estava obcecada por aquele rosto. Só os olhos eram iguais aos do meu pai. De resto, ele era uma cópia fiel da mãe. Quando pagamos a conta, ele lançou uma proposta surpreendente.

– Ingrid, o que você vai fazer agora? Minha mãe fez uma pequena viagem e deixou um bolo de chocolate pra gente, meio que pedindo desculpas pela ausência. Você não quer um pedaço?

– Oba, bolo de chocolate! Que dia perfeito! – o Carlinhos saiu correndo em direção ao carro.

– Na verdade é uma desculpa para conversarmos... – ele cochichou, aproveitando que o Carlinhos estava um pouco longe. – Quero conversar sobre as nossas mães.

– Tá bom – foi o que consegui responder de tão tonta que fiquei. Será que ele sabia de alguma coisa?

Como eu ia contar para a minha mãe que estava indo até a casa da Sílvia? Sabe aquela velha história de "não entre no carro de gente desconhecida", ou "não aceite presentes de estranhos"? Eu estava fazendo tudo ao contrário. Mas, dentro de mim, senti uma segurança incrível. Mandei uma mensagem para o celular dela avisando que fosse buscar a Jéssica na casa da avó, porque eu tinha me esquecido de uma festinha de aniversário.

Eles moravam no Largo do Machado. O apartamento não era muito grande, mas estava muito bem decorado. Tinha três quartos, uma sala confortável e uma cozinha impecavelmente branca. O Carlinhos disse que estava cansado e foi tirar uma soneca.

O Leonardo ligou o som da sala bem baixinho e se sentou ao meu lado no sofá. Eu sorria, mas estava muito nervosa.

– Eu não vou ficar enrolando, Ingrid. Quando você me chamou pra lanchar, notei que você queria se aproximar, você não foi nada sutil.

– Co-co-mo assim? – comecei a gaguejar. – Não é nada disso que você está pensando! – eu me apavorei com a possibilidade de ele achar que eu estava a fim dele.

– Calma – ele riu. – Se você não tivesse tomado a iniciativa, eu teria feito o mesmo de alguma outra forma. Mas gostei do que fez, você facilitou a minha vida.

Eu estava muda. Senti minha respiração ofegante e de repente me arrependi de ter aceitado o convite para ir até a casa dele.

– Eu disse que a conversa seria sobre as nossas mães e eu não menti. Fique calma.

– Eu sei que as nossas mães namoraram meu pai, o Inácio. Mas ele já faleceu. Era sobre isso que você queria conversar?

– Sim e não. Bom, você sabe que o Carlinhos teve leucemia. Foi um susto muito grande, como dá pra imaginar. A única chance seria um transplante de medula, e, como irmão, imaginei que eu seria completamente compatível. Quando a minha mãe disse que teríamos de recorrer a um programa especial, para tentar a doação de um voluntário, eu não entendi. Eu queria ser o doador e ela alegou que eu ainda tinha menos de 21 anos e não poderia. Dei uma olhada nas regras de doação e descobri que qualquer pessoa acima de 18 anos pode ser doador de medula, então eu me encaixava perfeitamente. Ela começou a ficar muito nervosa com a minha determinação e acabou confessando que eu, na verdade, sou meio-irmão do Carlinhos.

Eu já sabia onde essa história ia chegar. Comecei a ficar com o coração muito apertado e era difícil conter as lágrimas. Por fora, eu parecia normal, mas por dentro sentia tudo tremer.

– A notícia foi um grande choque – ele continuou. – No entanto, muito mais do que saber quem era o meu pai, eu estava preocupado com o Carlinhos. Mesmo assim, eu fiz o teste de compatibilidade e realmente eu não poderia ser doador. Tudo o que eu queria naquele momento era desaparecer! Fiquei desesperado; eram duas notícias difíceis num curto espaço de tempo. No site do INCA, o Instituto Nacional de Câncer, encontrei a informação de que a chance de achar um doador compatível é de uma em cem mil! Mas, dois meses depois, surgiu um doador e ele fez o transplante. Tudo indica que o Carlinhos vai ficar curado e essa foi uma das maiores alegrias da minha vida. Foi muita sorte! Muita gente morre esperando um doador. Quando ele voltou para casa depois da internação, eu quis saber quem era o meu pai. A minha mãe ficou muito aborrecida, disse que eu tinha já um pai que tinha me criado. Eu falei que não era ingratidão, mas que eu tinha o direito de saber. Insisti, e nós brigamos feio. As discussões eram quase que diárias. Eu até ameacei sair de casa.

Eu só concordava com a cabeça. Mas, em determinado momento, não consegui mais segurar as lágrimas. Elas começaram a escorrer sem que eu pudesse controlar. Ele falava sem parar, nem sequer respirava entre as frases. Parecia que se desse uma pausa, mesmo que pequena, ia acabar perdendo a coragem de contar aquela história toda.

– O meu pai biológico é o seu pai, Ingrid – ele segurou a minha mão e começou a chorar também. Era um tanto constrangedor ver um garoto daquele tamanho chorar feito um bebê. – Não sei como você vai reagir a tudo isso, mas a verdade é essa. Quando minha mãe viu a sua lá na ONG, ela ficou muito assustada. Eu a pressionei para saber mais, mas ela não sabia onde encontrar sua mãe, e ela não consegue parar de pensar na coincidência disso tudo.

– Eu já suspeitava. Na verdade, minha mãe começou a desconfiar e a gente conversou sobre isso – a dificuldade que eu tinha para falar era imensa. – E, quando você apareceu hoje na ONG, eu quis me aproximar. A história era fantástica demais!

– Eu percebi que você sabia de alguma coisa. Você foi muito transparente, não conseguiu disfarçar. É meio estranho pra mim ter uma irmã tão branquinha e ruiva! – ele riu, meio atrapalhado, enquanto enxugava as lágrimas. – Nós somos muito diferentes. Apesar do medo de você me rejeitar, eu precisava falar com você. Não durmo direito há dias.

Eu o abracei! Muito forte. Eu não conseguia entender direito os meus sentimentos. Eu estava feliz por saber que tinha um irmão. Eu chorei a ponto de molhar a camisa que ele estava usando. Ele é grandão, então eu estava me sentindo uma criança no abraço forte dele. Até que ele me soltou e começou a enxugar meu rosto.

– Que dupla diferente formamos, hein? – ele fez uma cara confusa.

– Diferente por quê? Porque você é negro e alto e eu sou ruiva e baixinha?

– Vai dizer que não?

– Comum não é. Mas, sinceramente, o que é normal? Quem é que dita as regras e as estabelece como verdadeiras ou corretas? Você não se sente bem com isso?

– Estou me acostumando à ideia, é bem diferente. Até outro dia eu achava que o meu padrasto era o meu verdadeiro pai. E agora eu tenho até uma irmã.

– Mas eu ainda não entendi porque a Sílvia não disse nada.

– Ela disse que não queria impor um relacionamento que já tinha terminado. Quando ela descobriu que estava grávida, o Inácio já tinha reatado com a sua mãe, e ele e minha mãe tinham visto que não se gostavam mais. Ele nunca soube. Minha mãe sempre foi um tanto orgulhosa, muito independente e dona da própria vida. Ela foi morar com os meus bisavós no interior de São Paulo. Quando eu estava com uns 4 meses, ela passeava comigo em um shopping e foi abordada pelo dono de uma agência de modelos. Ela fez só dois trabalhos de publicidade e viu que não levava muito jeito para a profissão, apesar de gostar e entender de moda. Mas ela acabou se casando com o dono da agência, o Sérgio, quem eu sempre pensei que fosse meu pai. Na verdade, ele é meu pai, foi ele quem me criou e me assumiu. Ele sempre foi muito legal comigo, disso eu não tenho do que reclamar. Faz pouco tempo que a gente se mudou para o Rio, uns dois anos. Eles continuam com a agência no interior de São Paulo, mas transferiram parte da administração para o Flamengo, aqui pertinho. Por isso a minha mãe viajou. Ela foi ver como anda a agência.

– O meu padrasto também é legal, tivemos muita sorte nisso. Que pena que não tivemos a chance de conviver antes por causa de todo esse segredo.

– Eu estou querendo recuperar o tempo perdido...

– Eu também! – minha alegria era imensa. – Nossas mães vão ficar loucas.

– Vão. Mas não estou preocupado com isso – ele deu de ombros.

– Precisamos ter calma, para não magoar ninguém.

– Minha mãe foi muito egoísta. Ela me tirou o direito de saber, só pensou nela.

– Calma, Leonardo! – segurei suas mãos, trêmulas.

Ele segurou as minhas entre as dele com força. Afrouxou um pouco e sorriu.

– Pode me chamar de Léo.

– Vai dar tudo certo, Léo – sorri de volta.

8
Outra forma de amor

O Léo quis me levar até em casa, mas preferi pegar o metrô do Largo do Machado até Botafogo. Eram poucas estações e seria um tempo para ficar sozinha; eu precisava pensar em tudo que tinha acontecido. Já havia passado das nove da noite, e, quando cheguei em casa, minha mãe não estava com a cara nada boa. Foi logo perguntando que aniversário era aquele que eu tinha ido. Havia três chamadas não atendidas dela no meu celular. Pedi que ela fosse comigo até o meu quarto e fechei a porta. Ela me olhou desconfiada. Sentamos na minha cama e, antes que a coragem sumisse, contei o que tinha acontecido. Ela ficou séria o tempo todo e não me interrompeu nenhuma vez. Aquele silêncio todo me deixou com muito medo, mas não poupei nenhuma informação. Quando terminei de contar toda a história e dei um grande suspiro para recuperar o fôlego, ela finalmente se manifestou:

– Então ele não me traiu! – os olhos dela brilharam.

– Pelo que o Léo contou, meu pai nunca soube.

– Nossa, como eu estou aliviada! – ela começou a rir nervosamente. – A Sílvia engravidou enquanto estávamos separados. Nossa, quantos filmes horríveis passaram pela minha cabeça!

– Filmes horríveis? – estranhei.

– Por um instante, pensei que o Inácio tinha me enganado e escondido toda essa história. Mas não, ele não sabia. O meu lado egoísta gostou de saber que não fui traída, mas, por outro, fiquei triste por saber que ele nunca soube do Leonardo. E você poderia ter convivido com seu irmão esse tempo todo.

– O Léo ficou com muita raiva da Sílvia por causa disso. Mãe, por favor, me desculpe por ter mentido. A gente quer se aproximar, se conhecer.

– Olha, eu não gostei de você ter ido até lá sozinha. Entendi os seus motivos, você estava curiosa, mas e se não fosse nada disso? Você ficou sozinha dentro de um apartamento com um rapaz que tem o dobro do seu tamanho. Você tem noção do perigo que correu?

– Ai, mãe. Mas não aconteceu nada! Ele é meu irmão, que mal ele podia me fazer?

– Você não tinha certeza de nada, Ingrid. Vocês podem ser irmãos, mas ainda são dois completos estranhos. Não gostei da sua atitude. Estava curiosa? Sim, tudo bem. Que tivesse essa conversa em outro lugar antes de ter certeza.

– Desculpa. Por favor! Você vai ficar chateada se a gente se aproximar?

– Chateada não é a palavra – ela respirou fundo. – Ainda estou me acostumando com essa história, mas não vou impedir que você conheça seu irmão. Que tipo de mãe eu seria?

– Ah, que bom! – eu disse, aliviada. – Eu ficaria muito triste. Estou muito empolgada, apesar de ser uma história bem complicada.

Ela ainda estava com cara de brava, mas me puxou para um abraço apertado. Não devia estar sendo nada fácil para ela. Minha mãe beijou meus cabelos e falou num tom de voz mais suave, quase cúmplice.

– Entendo sua empolgação. Isso só mostra o grande coração que você tem. Um coração um tanto romântico e confiante demais. Não é qualquer pessoa que aceitaria um irmão de braços abertos como você está fazendo. Aceitar um bebê é bem diferente de aceitar um homem daquele tamanho! Preciso conversar com o Sidney. Agora... Como contar tudo pra Jéssica?

– Posso contar? Por favor? – supliquei.

– Tudo bem – ela concordou. – Acho que você vai encontrar as palavras certas.

Eu entrei no quarto da Jéssica e ela estava colorindo o vestido da Bela Adormecida em um caderno grande. Eu disse que queria contar uma história e, animada, ela me puxou para as almofadas espalhadas pelo chão. Quando percebeu que não era uma história de contos de fadas ou de um livro qualquer, ficou séria por um momento. Mas, esperta como é, compreendeu tudo até que...

– Peraí! – ela levantou os braços, fazendo uma cara muito engraçada. – Você é irmã do Leonardo, mas ele não é meu irmão.

– Isso mesmo.

– O Carlinhos é irmão do Leonardo, mas não é seu irmão.

– Muito bem, acertou.

– E eu sou irmã de quem? Do Leonardo ou do Carlinhos?

– De nenhum dos dois. Você só é minha irmã.

– Que confusão! – ela balançou a cabeça e cruzou os braços.

– É um pouco confuso sim! – ri da cara que ela fez. – Mas logo você se acostuma.

– Agora você vai gostar mais do outro irmão do que de mim?

– Ai, Jéssica! Mas é claro que não!

– Tem certeza?

– Não acredito que você vai sentir ciúmes do Léo. Eu ainda nem conheço meu irmão direito – eu a abracei e fiz cosquinhas em sua barriga. – Meninas e meninos são diferentes. Então eu posso gostar muito dos dois, mas cada um do seu jeitinho.

Depois eu liguei para o Caíque e contei toda a história. Eu ainda não tinha falado com ninguém sobre as suspeitas da minha mãe. Nada mais justo que ele fosse o primeiro a saber. E ele achou tudo inacreditável. Fez um milhão de perguntas, ficou meio enciumado com a minha ida até a casa do meu irmão sem ao menos contar nada para ele antes, mas depois se conformou. Eu sabia que aquela história não seria nada fácil.

Logo em seguida, eu entrei na internet e fiz um chat coletivo com as meninas. Mais uma vez, reações de espanto. Mas, resumindo, todo mundo gostou da novidade. Ah, sim! O Léo me adicionou como amigo no meu perfil. E eu aceitei na hora, claro!

Já passava de uma da madrugada e eu estava esgotada. Sentia todos os meus músculos doerem. Então, peguei os meus florais de Bach, tomei umas gotinhas de Rescue e acendi um incenso de alfazema. Apesar do sono, acessei o site do IPM e vi que haviam postado vídeos novos. Ali estavam três instrutores e eles davam várias orientações para os candidatos. Tinha um vídeo do Edu fazendo exercícios de voz e ele estava usando o cordão que a Susana deu. Até que eu tomei um susto: havia 937 comentários! Eu cliquei para dar uma olhada e era um tal de "Ai, meu Deus, como ele é lindo!" e "Ah, será que ele tem namorada?" que não acabava mais. Fucei a página que tinha uma breve biografia de cada um e a informação "namorando" não constava lá. Mas eu acho que não vai demorar muito para descobrirem a Susana.

Outra forma de amor

Eu já estava quase indo dormir, mas esqueci o chat aberto e o Léo me chamou.

> Léo Fisio: Oi!
> Ingrid da Costa: Oiiiiiiii!
> Léo Fisio: Atrapalho? Vc já tava indo dormir?
> Ingrid da Costa: Claro que não atrapalha!
> Léo Fisio: Contei tudo pra minha mãe. Ela ficou louca!
> Ingrid da Costa: Ai, jura? Mas e aí?
> Léo Fisio: Ela disse que já estava feito e que tinha de aceitar.
> Ingrid da Costa: Fiquei com medo agora...
> Léo Fisio: Medo? Relaxa!
> Ingrid da Costa: Contei para as minhas amigas e pro meu namorado.
> Léo Fisio: Aposto que todo mundo ficou chocado com seu irmão negão!
> Ingrid da Costa: Você fala de um jeito... nada a ver isso!
> Léo Fisio: Mas não é verdade?
> Ingrid da Costa: Parece que o único que está com preconceito nessa história toda é você.
> Léo Fisio: Não é preconceito, é a realidade.
> Ingrid da Costa: Vou marcar com todo mundo aqui em casa no domingo e você está intimado.
> Léo Fisio: Apesar do medo, eu vou sim.
> Ingrid da Costa: Não tem por que ter medo. Traga a sua namorada!
> Léo Fisio: Namorada? Hahahaha! Que piada!
> Ingrid da Costa: Por que piada? Não entendi.
> Léo Fisio: Não tô namorando. Pra falar a verdade, já fiquei com várias garotas, mas nunca namorei de verdade.
> Ingrid da Costa: Jura? Aos 19 anos?
> Léo Fisio: Juro.
> Ingrid da Costa: A gente precisa resolver isso.
> Léo Fisio: Não tô com pressa. Se rolar, rolou.

Ingrid da Costa: Os homens são diferentes mesmo, né? Meninas só querem namorar.

Léo Fisio: Hehe. Preciso ir dormir agora, já passou da minha hora. Tô aproveitando as férias da faculdade pra fazer mais horas de estágio. Vou pra lá bem cedo amanhã.

Ingrid da Costa: Boa noite, então... Até sábado combinamos tudo.

Léo Fisio: Boa noite... maninha.

Ingrid da Costa: rsrsrsrs... boa noite, maninho.

Fiquei offline no chat, mas resolvi dar uma fuxicada no perfil do Léo. E, claro, fui direto para as fotos. Não eram muitas. Algumas com a turma da faculdade, no estágio, na academia e em algumas baladas. Até que ele tinha muitos amigos. Notei que as fotos eram recentes, de um ano para cá. Vai ver ele não gosta de ficar se expondo, sei lá. Até que ele atualizou seu status: "A vida pode ser feita de muitas surpresas. Mais do que a ligação biológica que pode existir entre as pessoas, a mais surpreendente de todas é a ligação da alma. Obrigado, Deus, pela chance de saber como isso é bom!"

Desliguei o computador e senti um sorriso imenso grudado no rosto. E fui dormir pensando: *Como já gostar tanto de alguém que mal conheço?*

9
O último dos românticos?

Eu simplesmente tive o fim de semana mais perfeito de todos.

Começando pelo sábado logo de manhã. O interfone tocou. Era o porteiro avisando que havia chegado um envelope para mim. Estranhei, já que não estava esperando nada. Desci rapidinho para pegar. De tão curiosa que fiquei, abri dentro do elevador mesmo. Era uma cartinha do Caíque! Hahahaha! Ele levou mesmo a sério a minha exigência. Que fofo!

Completamente empolgada, me joguei na cama e comecei a ler. As outras cartinhas, as do Júnior, eram escritas em letra de forma, já que ele queria disfarçar a letra. Mas agora o Caíque tinha assumido a sua caligrafia.

Há um ano, inspirado por um filme, eu te mandei cartinhas pela Jéssica, o nosso cupido oficial. Eu sei que gostou da brincadeira, então proponho outra.

Ontem passei pela sala e vi que a minha mãe estava chorando feito um bebê. Olhei para a tevê e estava passando *Diário de uma paixão* na tevê a cabo. Como conheço bem os seus gostos, soube na hora que se tratava de um dos seus romances favoritos. Você lembra que o Noah, personagem principal, mandou 365 cartas para a Allie e, infelizmente, a mãe dela não as entregou?

A minha proposta é a seguinte: até o nosso aniversário de namoro, eu vou te mandar cartas falando sobre todos os momentos que fizeram com que eu me apaixonasse ainda mais por você. Mas calma! Não serão 365 cartas, por favor. Hahahaha! Nem teremos tempo pra isso. A brincadeira é não falarmos pessoalmente sobre elas. Eu te mando a carta e aguardo a sua resposta com outra carta. Topa?

Vou começar!

Passei a me apaixonar ainda mais quando...

Você chegou ao shopping com a Jéssica pra irmos ao cinema pela primeira vez. Estava tão linda e cheirosa que eu quis te abraçar e te beijar na mesma hora. Mas como fazer aquilo com duas crianças? Foi muito difícil me segurar! Tanto que nem consegui dormir direito naquela noite e te chamei pra sair no dia seguinte.

Beijos,
Caique

P.S.: Você tá vendo como te amo? Olha o mico que tô pagando com essa história de cartinhas, hahahaha!

O último dos românticos?

Preciso dizer que chorei? Não, né?!

Eu AMEI a ideia! Imediatamente fui até minha escrivaninha e peguei um papel de carta.

> Querido Caíque (entrando no clima de 1940, ano que começa a história do Noah e da Allie),
>
> Adorei a brincadeira. Parabéns, você foi muito criativo!
>
> Como já falei sobre isso, eu já era apaixonada por você bem antes do nosso namoro (por favor, nada de ficar metido, rsrs...).
>
> Mas vamos seguir a proposta da brincadeira.
>
> Passei a me apaixonar ainda mais quando...
>
> Uma semana depois do cinema, saímos para lanchar e, na volta para casa, começou a chover. Você me puxou pela mão e corremos para nos abrigar numa galeria. A gente começou a rir, já que, apesar de termos corrido, acabamos nos molhando. Você, todo cuidadoso, tirou seu casaco da mochila e me obrigou a usá-lo para que eu não pegasse um resfriado. Claro que o casaco ficou imenso em mim, fiquei parecendo ainda mais baixinha dentro dele. Mas a sua cara de satisfação por cuidar de mim foi a coisa mais bonitinha que já vi! Você queria que eu estivesse bem, queria me proteger, e na verdade só o fato de estarmos ali, juntos, já era suficiente para mim. Seca ou molhada de chuva...
>
> Beijos,
Ingrid
>
> P.S.: Que mico que nada! Você é um romântico, assim como eu, assuma de uma vez por todas.

Quando me levantei para trocar de roupa e ir até a portaria do Caíque para deixar minha cartinha, o telefone tocou. Era a Aninha.

– Ingrid, tenho uma coisa pra te contar! Ai, nossa, tô até tremendo!

– Tremendo? Nossa, mas o que foi que aconteceu?

– Eu fiz aquilo que você sugeriu. Digitei todos os meus textos. Olha, deu um trabalhão! Aí, eu dei uma boa revisada no português, deixei tudo bem arrumadinho e mandei para o e-mail do professor César pra ele dar uma olhada. Tô ansiosa! Será que ele vai gostar?

– Jura que já mandou?! Até que você digitou todo aquele caderno rápido. Claro que ele vai gostar! Ele já respondeu? Vai ler nas férias?

– Ele disse que sim. Que vai ver se tem ou não potencial pra virar um livro de verdade. Não existe ninguém melhor pra me aconselhar, não é mesmo? Como você foi a minha primeira e grande incentivadora, precisava te contar em primeira mão.

– Ahhhh, obrigada pela consideração! Ai, juro, tô emocionada! Se o livro for publicado, quero meus devidos créditos na dedicatória! "Para a amiga mais fofa e linda, Ingrid da Costa, com todo o amor".

– Hahahaha, sua boba!

– Mas conte para as outras meninas também. Elas vão gostar da novidade.

– Sim, eu vou contar. Mas antes vou passar nos correios e enviar uma cópia do original para a Biblioteca Nacional. A agência ao lado do shopping abre aos sábados e a minha ansiedade é tanta que não vou conseguir esperar até segunda-feira. Vou enviar também todos os documentos para registrar meus direitos autorais. Não é o máximo? Meu primeiro livro devidamente registrado como autora. Nem acredito! E tudo isso graças ao seu incentivo.

– Graças ao seu talento, isso sim! Eu só dei um empurrãozinho. Que chique, eu nem sabia que tinha que registrar.

– Sim, toda obra precisa de registro. Assim tenho como provar que sou mesmo a autora, entende?

– Entendi. Ah, eu vou sofrer esperando essa avaliação. Muito obrigada pelas unhas roídas, viu dona Ana Paula!

– Hahahaha, calma! Além das meninas, nem pro Igor eu falei ainda. Tenho certeza de que ele também vai ficar feliz. Ai, tô nervosa!

– Calma, loira! Vai dar tudo certo, você vai ver!

Depois que desliguei, deixei o envelope na portaria do Caíque. Mais tarde a gente se encontrou, mas não tocamos no assunto. Tive que me controlar! Mas o combinado era só falarmos sobre isso por meio das cartas, fazia parte da brincadeira. Mas dei tantos beijos no Caíque que eles compensaram meu "silêncio".

No domingo, nem bem o dia começou e já fui logo sendo zoada pelo Sidney.

– Meu Deus, só mesmo uma festinha aqui em casa pra fazer a Ingrid acordar cedo e ajudar na faxina.

– Ahhhh, que coisa mais ingrata... – fiz bico. – Eu sempre ajudo.

– Não sei como vai caber tanta gente aqui – ele olhou para a sala lamentando o espaço. – Por que vocês não marcaram na casa da Susana, por exemplo? Pelo que você diz, lá é bem grande.

– Eu marquei aqui por causa do Léo, pra ele ficar mais à vontade.

– Entendi... – ele coçou a cabeça. – Vamos fazer o seguinte: vamos empurrar esse aparador pro escritório, aí ganhamos mais espaço e jogamos umas almofadas no chão.

O vizinho do andar de baixo não deve ter curtido muito o arrasta-arrasta de móveis logo cedo no domingo, mas, como já passava das 10 da manhã, nós tínhamos alguma defesa. Logo em seguida ouço um barulho na cozinha. Era a mamãe chegando do supermercado.

– Ingrid! Pode não ser tão ecologicamente correto como você gosta, mas comprei copos e pratos descartáveis, além de guardanapos. Eu é que não vou passar o domingo lavando louça – ela fez uma careta engraçada enquanto reclamava dos afazeres domésticos. – Comprei refrigerante, pipoca para micro-ondas e salgadinhos congelados. Viva a tecnologia e a praticidade! E eu quero a casa arrumada depois, hein?

– Sim, senhora, dona Maria Beatriz! Vou deixar tudo arrumadinho. Já não basta o Sidney me zoando por causa da faxina? Ahhhh! A Mari também ficou de trazer os famosos cookies que ela aprendeu. Estou curiosa.

Esperei que ela guardasse tudo na geladeira para perguntar bem baixinho.

– Tudo bem o Léo vir aqui? Foi a melhor forma que encontrei de apresentá-lo pra todo mundo.

– Não vou dizer que vai ser fácil, filha. Vou olhar pra ele e lembrar do Inácio. Mas vou me esforçar, fique tranquila. Ele vai ser muito bem tratado aqui.

– E o Sidney? Não tive coragem de perguntar nada pra ele.

– Ele está numa boa, reagiu bem. Ele é muito cabeça aberta.

– Que bom! – eu a abracei aliviada. – Obrigada, mãe. Isso é muito importante pra mim.

– Eu sei. Vamos lá dar uma olhada na arrumação do banheiro?

O pessoal foi chegando e, aos poucos, se espalharam pelas almofadas no chão. Na verdade, os meninos; eu preciso corrigir. De forma muito *cavalheira*, se assim posso dizer, eles disseram que as meninas tinham prioridade no sofá. A Mari chegou com um sorriso tão imenso que não dava para não rir. E, tão imenso quanto o sorriso, era o prato que ela segurava orgulhosamente. Deve ter ficado cozinhando por horas.

– Gente! Vocês precisam provar os meus cookies! Aprendi com a minha sogrinha. Se eu não der certo como atriz, vou abrir uma loja de cookies.

E não teve quem pudesse dizer que queria comer depois. Ela simplesmente enfiou um cookie inteirinho na boca de cada um.

– Está uma delícia mesmo – a Aninha falou, meio engasgada, mas lambendo os dedos.

– A Aninha não conta – o Igor protestou.

– Não conto por quê? Eu como muito, mas não quer dizer que não seja exigente!

– Hahahaha! – o Igor riu e pegou mais um cookie, para a mais completa felicidade da Mari. – Como cai fácil na pilha essa minha namorada.

Fomos interrompidos pela campainha. Era o Léo. O maior silêncio se abateu sobre a sala.

– Gente, naturalidade, por favor! – implorei. – Sei que vocês não aguentam ficar com essas matracas fechadas, então continuem assim.

Abri a porta com o coração aos pulos. Queria muito que todo mundo gostasse do Léo. Como estava frio, ele estava usando uma camisa azul de manga comprida. Ele estava com um perfume muito gostoso e sorriu para todo mundo. Minha mãe e o Sidney o cumprimentaram de forma bastante amigável. Só ficou faltando a Jéssica, mas, como a casa estaria muito cheia, minha mãe preferiu levá-la para a casa da avó. Eu o apresentei ao pessoal e os meninos logo o chamaram para se sentar nas almofadas com eles.

Faltavam só cinco minutos para o início do IPM. Era a primeira vez que o programa passaria ao vivo na tevê. O Lucas estava com seu notebook, a Gioconda, para acompanhar os comentários.

– O programa vai ser exibido de dentro do confinamento mesmo. Montaram um minipalco dentro da casa com direito a músicos e tudo. Cada candidato vai cantar a música que ensaiou durante a semana – a Susana explicava e mal conseguia ficar parada, cruzando e descruzando as pernas. – Depois que todos se apresentarem, vai começar a votação pela internet.

– Poxa, que decepção! – reclamei. – Pensei que teria auditório quando o programa fosse ao vivo, já estava até planejando umas camisetas.

– Eu também queria, mas não vai ser assim... – foi a vez do Lucas de comentar. – Somente quando restarem dois candidatos é que eles farão um programa especial, aí sim com auditório.

– Só na final? – a Mari também se decepcionou. – E quando vai ser isso?

– No penúltimo domingo de agosto – a Susana suspirou fundo.

– Vai começar! – eu gritei, pegando o controle da tevê para aumentar o som.

Os três instrutores se sentaram numa espécie de bancada. Eles dariam sua opinião tomando como base não só a apresentação, mas o rendimento da semana. Seriam opiniões técnicas. Mas o poder de decisão era mesmo do público. Por isso era tão importante que a galera se movimentasse bem na internet. A ideia do Lucas e do Caíque foi realmente boa. Já conseguimos uma boa quantidade de seguidores, mas ainda nem chegava na metade dos do Raphael e da Brenda.

Por falar na sereia Brenda Telles, ela foi logo a primeira a se apresentar. Escolheu uma música da Ivete Sangalo, "No brilho desse olhar". E, a parte estranha disso tudo, foi que logo na primeira estrofe ela olhou para o Edu e a câmera deu um *close* nele!

Quem mandou você me olhar desse jeito?
Agora vai ter que cuidar desse amor
Não tem mais jeito
Isso é perfeito
Isso é perfeito

A Susana estava tão hipnotizada pela televisão que não percebeu a nossa troca de olhares. Até mesmo o Léo, que acabou de chegar no meio dessa confusão toda, olhou para mim com uma cara meio esquisita. Eu já tinha lhe contado o motivo de a gente se reunir para assistir ao programa. Ou seja, ele sabia que a Susana namorava o Eduardo. Quando a Brenda acabou de cantar, foi muito elogiada pelos instrutores. Ela só foi um pouco criticada por ter cantado de uma forma um tanto teatral demais, pois, segundo os jurados, ela precisava cantar com mais naturalidade, sentindo a música.

O Edu foi o quinto a se apresentar. Conforme já tinha passado um trecho no ensaio, ele cantou "Um certo alguém", do Lulu Santos. Ele vestia uma camisa branca e calça jeans. Muito simples, mas estava perfeito. Ele se posicionou com o violão e, antes de começar a tocar, beijou a plaquinha do cordão. A Susana gritou feito louca e minha mãe, que também estava na sala, arregalou os olhos e começou a rir. E, de novo, aconteceu um negócio estranho. Em uma das estrofes, deram um *close* na Brenda.

Quando um certo alguém
Desperta o sentimento

É melhor não resistir
E se entregar

Dessa vez a Susana notou.

– Esse pessoal do programa está querendo forçar uma coisa aqui, ou é impressão minha?

Ela fez uma cara de louca tão tensa que ninguém teve coragem de responder.

– Forçar? – a Mari lembrou que era atriz e usou seu talento no momento certo. – Acho que foi só coincidência, Susana. Até porque o Edu beijou a plaquinha do cordão que você deu pra ele.

Ufa! Acho que ela se convenceu, tanto que só arregalou os olhos para a televisão quando os instrutores começaram a falar. Eles também elogiaram muito o Edu, mas disseram que ele ainda não conseguia agir com muita naturalidade tocando o violão. Como se ele ficasse com medo de errar a letra ou algum acorde. As duas ações, cantar e tocar, deveriam estar em sintonia.

Todos os concorrentes receberam alguma crítica. Por isso, ficou muito difícil saber qual seria eliminado.

– O pior é aguentar esperar o resultado! – a Susana enfiou um cookie inteirinho na boca. – O programa encerra na televisão, mas o resultado será divulgado na internet, em uma hora. Estratégia deles para que o público acompanhe pelo site do programa e divulgue o resultado e os comentários pelas redes sociais.

– Vai dar tudo certo, ele com certeza vai passar dessa fase! – o Léo falou absolutamente convicto, atraindo o olhar de cumplicidade da Susana.

– Esse estresse todo me deu fome! – a Aninha reclamou.

– Mas é claro! – o Caíque riu.

– É, Aninha... – o Igor coçou a cabeça e fez uma expressão irônica. – Sua fama de comilona é enorme. Ainda bem que você não engorda.

– Huuuummm – ela fez cara de coitada. – Você não ia querer mais namorar comigo se eu engordasse?

– Eu não! – ele colocou pilha na Aninha. – Já pensou? Eu namorando a Dona Redonda de *Saramandaia*?

– Ah, então você vai engordar junto comigo! – ela começou a fazer cosquinhas nele, além de forçá-lo a comer mais um cookie, provocando risadas em todo mundo.

Notei que depois que a Aninha passou a namorar o Igor, ela ficou mais leve, mais divertida. No início, quando ela percebeu que estava se apaixonando pela primeira vez, apesar de já ter namorado antes, ficou com medo dos próprios sentimentos. Mas, como o Igor é brincalhão e muito tranquilo, ela foi relaxando naturalmente.

Ao contrário da Susana; eu ando bem preocupada com ela. No início do namoro, ela começou a fazer terapia. Ela disse que eram várias pressões na cabeça dela. Afinal, era a luta dentro de casa para que a mãe aceitasse sua vocação como atleta, os novos desafios no time da CSJ Teen e o namoro um tanto conturbado com o Edu. Como ele é assediado demais, isso acabou gerando um ciúme meio descontrolado nela. Eu tinha percebido uma melhora nisso, mas, depois que ele entrou para o IPM, acho que ela teve uma recaída. Vou prestar mais atenção nisso.

Por falar nela, a Susana engatou uma conversa muito animada com o Léo. Quando ele disse que fazia faculdade de fisioterapia, ela se apressou para contar as contusões que o time todo sofria. Eles estavam falando de coisas que ninguém entendia, mas o papo parecia divertido. Bom, pelo menos acho que ele conseguiu deixá-la um pouco mais relaxada.

No tempo previsto, o resultado da votação saiu: o Thiago, de Porto Alegre, foi eliminado. O Edu estava salvo por mais uma semana!

O resto do domingo foi maravilhoso. Ouvimos música, brincamos de mímica, fizemos competições de meninas *versus* meninos, contamos histórias de fantasmas e conversamos sobre um montão de coisas. Como o Léo é mais velho, fiquei com medo que ele se sentisse deslocado no meio da minha turma, que tem em média 15 e 16 anos, mas tudo fluiu maravilhosamente bem. Um dia perfeito!

Quando todo mundo foi embora, deixei a cozinha arrumadinha, como havia prometido para a mamãe.

– Hum, muito bem! Gostei de ver – ela cruzou os braços, se recostando na porta da cozinha.

– Viu só? Já posso casar? – brinquei.

– Nada disso! – ela negou de uma forma muito engraçada. – Depois que você estiver formada e ganhando rios de dinheiro, eu deixo.

– Hahahaha! E a Jéssica? Vai dormir lá na casa da avó dela?

– Liguei lá e ela já estava dormindo. Mas reclamou para a avó que foi trocada pelo novo irmão.

– Jura que ela falou isso? – fiquei preocupada. – Eu vou combinar um passeio com ela, o Léo e o Carlinhos pra ela não ficar enciumada.

– Uma ótima ideia, Ingrid! Faça isso. Bom, já vi que você nem precisou da minha ajuda, né? Vou dormir. Boa noite, filha.

– Boa noite, mãe. Obrigada por tudo! – eu a beijei. – Hoje realmente foi um dia muito especial.

Fui para o quarto e, quando tirei a colcha para arrumar minha cama para dormir, um envelope caiu no chão. Oba, mais uma cartinha do Caíque!

Meu amor,

Passei a me apaixonar ainda mais quando...

Você demonstrou interesse por algo que era só meu. Parece bobagem o que vou dizer, mas garotos, a maioria, são viciados em videogame. A gente tinha combinado de ir ao cinema e você passou lá em casa antes, pra irmos juntos. Eu já estava arrumado, mas resolvi jogar um pouco enquanto te esperava. Quando você chegou, eu estava no meio de uma fase muito difícil e finalmente ia conseguir passar. Acabei me atrasando e você não reclamou. E ainda disse: "Ah, a gente sempre vai ao cinema. Vamos fazer algo diferente. Você pode me ensinar como se joga isso pra eu entender por que é tão fascinante assim?" Você tem noção do que foi aquilo? Acho que nunca vai saber. Claro que você se enrolou toda com os controles, errou feio coisas que parecem meio óbvias. Mas você não me xingou. E não fez aquelas reclamações como: "Ah, você prefere esse maldito jogo e não me dá atenção". Como foi divertido aquele dia!

Beijos,
Caique

10
Quem é Augusto Machado?

A moleza acabou. Foi difícil obedecer ao despertador do celular. Depois de um mês, eis que ele volta a me acordar às 5h45 da manhã. Fui para debaixo do chuveiro na esperança de que o banho me acordasse de vez. E, enquanto lavava os cabelos, fiquei pensando no quanto aquelas férias tinham sido boas. Eu estava ainda mais próxima do Léo. Claro que a gente tem as nossas diferenças. Ele curtia uma cervejinha nos fins de semana, mas, quando estava comigo, só tomava refrigerante. Também gostava de filmes de pancadaria e, para isso, contava com a companhia dos meninos para ir ao cinema. Eu estava muito feliz porque ele estava se enturmando com os meus amigos. Quanto a mim com os amigos dele... Bom, confesso que me sentia uma criança boba e acuada no meio daquele povo todo vestido de branco e falando sobre coisas de fisioterapia. Eu percebia que eles me tratavam como se eu fosse um bebezinho de colo. Mas, no fundo, só estavam querendo me agradar, e isso foi bom.

O IPM então estava com quatro candidatos e, para a nossa felicidade, o Edu era um deles. Além dele, ainda restavam a Brenda, o Raphael e a Mariah. A cada dia que passa o Edu consegue mais fãs. Pena que ele não tem noção do que está acontecendo aqui fora.

A mãe do Edu conversou com a Susana. Acho que ela notou que a minha amiga está meio enlouquecida com essa situação toda. Disse que o programa não quis divulgar os relacionamentos afetivos dos concorrentes justamente para atiçar o público. Como o Edu é bonito e charmoso, acaba despertando o interesse das meninas, e o fato de ele estar "livre" causa um desejo incontrolado na fã de ser escolhida quando ele sair do confinamento. Isso gera mais interesse no programa e, consequentemente, no candidato. Apesar de muita gente saber do namoro dos dois, a Susana achou melhor não divulgar muito essas informações no perfil dela. Ela não estava muito feliz com essa situação, mas, se isso ajudaria o Edu a vencer a competição, ela resolveu virar a "namorada fantasma" por um tempo.

E eu fui me arrastando pelas ruas até o colégio. A mochila parecia pesar mais que o meu próprio corpo. E, pela cara dos alunos que cruzavam os portões do CEM, todo mundo ainda estava morrendo de sono. No entanto, ao chegar perto da minha classe, vi que as meninas estavam bem acordadas.

– Oi. O que foi que vocês tomaram no café da manhã? Preciso dessa animação toda também.

– Tomamos doses de César Castro! – a Susana batia palminhas.

– Oi, de novo. Bom dia! – falei espantada. – Aqui é mesmo o CEM? Ou eu ainda tô dormindo e virei sonâmbula? Que história é essa de doses de César Castro?

– Isso aqui, Ingrid! Saiu no jornal hoje. Acho que o CEM inteiro esgotou a edição toda das bancas das redondezas – a Mari me entregou o jornal e eu quase caí para trás de tanto susto.

Comecei a ler a matéria, que tinha ainda uma enorme foto dele.

Quem é Augusto Machado?

Sucesso
EDIÇÃO ESPECIAL ■ ANO 2014

Augusto Machado, autor do *best-seller*
Uma semana antes de morrer, finalmente se revela ao público

Em tempos de internet e redes sociais, em que artistas constantemente postam sua agenda e atividades, um autor preferia o anonimato. Depois que seu livro *Uma semana antes de morrer* foi citado em entrevista do ator Assis Muller, que interpreta o vilão da novela das nove, muita gente correu para as livrarias. Pilhas e mais pilhas do livro eram repostas diariamente. Todos queriam saber por que o livro de um autor até então desconhecido tinha inspirado tanto o ator mais badalado do momento. E, depois da fantástica leitura, os leitores se perguntavam: Quem é Augusto Machado?

Com a ausência de um site ou foto do autor na orelha do livro, a curiosidade dos leitores aumentou ainda mais. Quem era o autor daquele romance policial tão bem escrito e envolvente?

Depois de muitos contatos com a editora, conseguimos uma entrevista exclusiva com César Castro, na verdade, César Augusto Machado Castro. O pacato e dedicado professor de filosofia e inglês é também Augusto Machado, autor de três romances policiais.

"Tentei me esconder, mas vocês me descobriram!", brincou ele. "Depois de três livros publicados, um deles foi parar na cabeceira do intérprete do vilão da novela de maior audiência do país, e aí ficou difícil não me revelar."

Augusto Machado contou que tomou um susto ao ver seu livro na televisão, quando Assis Muller concedeu entrevista a um programa de celebridades.

"Não esperava que isso fosse despertar tanta curiosidade nas pessoas. Com toda essa movimentação na internet, fui obrigado a criar um perfil oficial antes que alguém começasse a se passar por mim. Além disso, muitas livrarias se interessaram em realizar sessões de autógrafos. Minha vida mudou da noite para o dia! Muito em breve, a editora vai divulgar meu perfil oficial, site e, por meio deles, minha agenda de eventos."

– Meu Deus! – gritei. – Que notícia bombástica! E eu que pensei que a descoberta do meu irmão mais velho era a notícia do ano.

– Gente, eu tenho uma coisa para contar pra vocês... – a Aninha fez uma cara estranha. – Eu já sabia. O César contou pra mim, mas era segredo, eu não podia falar.

– Caraca, hein? – a Mari fez bico. – Poxa, Aninha! Você guardou esse segredo até da gente?

– Ele me pediu segredo absoluto – ela se defendeu.

– Somos suas melhores amigas, lembra? – a Mari deu um cutucão no ombro dela, fazendo sua típica cara dramática. – Estou decepcionada com você.

– Calma, Mari! – eu me coloquei entre as duas. – Não vamos brigar por causa disso! A Aninha tá certa. Se ele pediu segredo e ela não nos contou, isso só mostra que a nossa amiga é uma pessoa de confiança.

– Isso, dona Maria Rita! – foi a vez da Susana. – Calma.

– Desculpa, gente! – a Aninha fez cara de coitada.

– Tá bom, loira! Tá bom! – a Mari bufou. – Tá perdoada.

– Ele me contou quando eu disse que pensava em ser escritora. Então ele me emprestou o livro e eu li nas férias. Apesar de não ser muito o estilo que eu curto, eu gostei, é muito bom! Ele não queria que ninguém soubesse. Mas, como tá ali na própria reportagem, em tempos de internet quem consegue se esconder por muito tempo?

– Minha nossa! Meninas, se o César já faz sucesso entre a mulherada sendo um mero desconhecido, imaginem agora? – olhei para a foto dele estampada no jornal. – Será que ele vai parar de dar aulas?

– Ah, não! – a Susana fez cara de apavorada. – Poxa, ele é o nosso melhor professor!

– Ih, lá vem ele! – apontei. – Vamos entrar na classe!

Duas aulas seguidas de filosofia em plena segunda-feira de voltas às aulas. E com aquela notícia bombástica entre os alunos. Era de se esperar que ele passasse metade da primeira aula acalmando os ânimos do pessoal.

– E pra encerrar o assunto – ele tentou mais uma vez começar a aula –, eu não vou deixar de ser professor. Fiquem tranquilos que vocês vão ter que me aturar por um bom tempo! Vou fazer várias sessões de autógrafos, mas serão todas nos fins de semana. Minha rotina só vai ficar um pouco mais agitada, mas nenhuma das minhas atividades serão interrompidas. Vou continuar dando aulas de filosofia, inglês e chefiar o jornal do CEM. E, para os mais engraçadinhos, eu tenho sim tempo pra namorar. Agora vamos pegar o livro de filosofia?

O César Castro deu uma leve bronquinha no pessoal, mas com aquele seu jeito charmoso e natural. As meninas olhavam encantadas para ele. No breve intervalo entre a troca de professores, várias faziam comentários sobre como ele é inteligente e simpático, e que só alguém tão especial poderia criar histórias fantásticas, mexendo com a imaginação de todos. Lógico que ele tem os seus méritos, mas foi aí que comecei a perceber o quanto as pessoas podem se iludir com a falsa fama. Digo "falsa", porque elas nem sequer leram nada dele e já o classificaram como o melhor escritor do mundo. Ele até pode ser, por que não? Mas é incrível como as pessoas exageram. Tanto para o bem, quanto para o mal. Exaltam ou denigrem a imagem de uma pessoa sem ao menos conhecê-la de verdade.

Assistimos a mais um tempo de aula e, quando tocou o sinal para o intervalo, a Susana imediatamente pegou o celular e, enquanto andava, mal olhava para os degraus que davam para o pátio.

– Susana, cuidado por onde anda! Não invente de cair, né? – brinquei. – Você vai levar uma bronca da coordenadora qualquer hora por causa desse celular!

– Ah, mas na hora do intervalo pode – ela se defendeu. – Estou tentando ter notícias do Edu. Hoje é o aniversário dele!

– Ohhhhh, e quem não sabia disso? – a Mari zoou. – E aí? O que o aniversariante do dia fez de especial hoje?

– Até que enfim o Edu fez 15 anos! Hahahaha! Agora a gente tem a mesma idade. Esse negócio de ser seis meses mais velha é mais um motivo pra pegarem no meu pé. Bom, aqui só tá falando de ensaios. Ah! E que, por determinação da Justiça, ele e a Brenda vão ter aulas na parte da tarde, já que são menores e estão em fase escolar. Assim não vão ficar muito perdidos quando saírem do programa.

– Poxa, além de tudo ainda vão ter que estudar? – a Mari fez uma careta de desagrado. – Que chatice! Mas pelo menos ele vai estudar só algumas horas. Hoje é segunda-feira e ficamos o dia todo aqui, afeee!

Fomos surpreendidas pelo César Castro em pleno pátio.

– Meninas, desculpem atrapalhar o lanche de vocês, mas é por uma boa causa. Principalmente pra você, Ana Paula – ele parecia realmente empolgado.

– Pra mim?! – a Aninha perguntou espantada. – O que é?

– Acho que as suas amigas têm o direito de saber dessa notícia. Vamos até a sala do jornal um instante?

Ele seguiu sorridente e fomos quase que em fila indiana atrás dele. Curiosíssimas, olhávamos uma para a cara da outra imaginando o que seria. Quando entramos na sala do jornal, um homem que eu nunca tinha visto antes olhava o movimento do pátio através da janela. Ele parecia ter uns 40 anos e se vestia de uma forma bem elegante. Bom, pelo menos para os meus padrões. Quando notou nossa presença, se virou sorridente.

– Maurício, essa é a minha aluna, a Ana Paula.

– Ah, muito prazer! – ele a beijou no rosto e abriu um largo sorriso. – Quer dizer que, além de talentosa, ainda é bonita desse jeito? Eu sou o editor do Augusto Machado, ou César Castro, como vocês o conhecem.

A Aninha ficou vermelha, coisa rara de acontecer. Eu tinha uma grande suspeita e meu coração começou a bater acelerado.

– Ana Paula, preciso te confessar uma coisa... – o César deu aquela coçadinha na cabeça como se tivesse feito alguma travessura. – Quando você me enviou seu manuscrito logo no início das férias, eu gostei muito de tudo o que você escreveu. E acabei repassando seu e-mail para o meu editor, o Maurício, sem que você soubesse. Queria ter uma opinião isenta, já que ele não te conhecia e eu poderia acabar não sendo tão imparcial na minha avaliação. A editora não publica apenas livros policiais; tem um vasto catálogo, inclusive um selo para novos autores. Como ele precisava falar comigo urgente sobre essa loucura da matéria que saiu hoje no jornal, aproveitei para apresentar vocês dois formalmente.

A Aninha nem sequer conseguia pronunciar uma palavra. Ficava arregalando aquele olhão azul, alternando o olhar entre o tal Maurício e o César.

– Isso mesmo – o Maurício concordou. – Não fique brava com o Augusto. – E eu ainda não consegui me acostumar com esse nome! – Ele quis fazer uma surpresa. Eu realmente gostei do seu trabalho e gostaria de publicar o seu livro. Como ele mesmo falou, minha editora tem um selo especial para novos autores e eu estava sentindo falta de textos com uma proposta parecida com a sua, escrita por alguém mais jovem. Penso que lançá-lo no fim de novembro vai ser uma ótima oportunidade, por causa do Natal. O que você acha?

– Eu, eu, eu, eu... – a Aninha finalmente conseguiu falar, mas estava completamente gaga. – Eu nem sei o que dizer!

– É só dizer sim! – o Maurício riu, se divertindo com a cena. – Como você é menor de idade, preciso que seus pais estejam de acordo – ele tirou um cartão do bolso da camisa. – Aqui estão os meus contatos. Converse com eles e me procure. Mas, para que o livro saia no fim de novembro, temos de assinar o contrato de edição logo. Preciso dizer ainda que os processos de edição costumam ser mais demorados, pois envolvem vários profissionais. No entanto, acho que essa é a oportunidade ideal para lançá-lo. Teremos quase quatro meses para trabalharmos. Estou sentindo o cheiro do sucesso. Você arrumou o padrinho mais pop do momento!

– Muito obrigada! – a Aninha sorriu. – Será que tô acordada, gente? Você quer mesmo publicar meu livro?

– Claro que sim! – ele confirmou, ainda se divertindo com a cara de boba que a Aninha estava fazendo. – Parabéns! A gente volta a se falar logo, certo?

– Parabéns, Ana Paula! – o César Castro a abraçou. – Sempre confiei no seu talento.

– Obrigada, professor! – a Aninha estava quase chorando. – Eu tô em choque.

– Eu imagino! – ele riu, se divertindo. – Acho que você só vai se dar conta amanhã.

O sinal sonoro nos avisou do fim do intervalo e voltamos correndo para a sala de aula. E quando a Aninha se sentou na sua cadeira, ela finalmente começou a chorar.

– Ahhhhh, loira! – a Mari a abraçou. – Você não queria tanto ser escritora? Pois bem, seu dia chegou.

– Eu não acredito! – ela fungava e olhava para o cartão do Maurício. – Eu não acredito!

– Eu sei que é um momento de comemoração, mas disfarça, Aninha! – falei baixinho, pois várias pessoas não tiravam os olhos da gente, tentando entender o que estava acontecendo. – Espera estar tudo confirmado, contrato assinado e tudo o mais. É sempre bom evitar olho gordo, não é mesmo?

— A Ingrid está certíssima! – a Susana concordou. – Estou com uma vontade danada de contar a novidade pra todo mundo, mas vamos manter segredo por enquanto.

— Obrigada pelo apoio, meninas – ela sorriu, enxugando os olhos. – Que bom que vocês estavam lá comigo. Acho que eu nem teria conseguido voltar pra classe de tanto que minhas pernas tremiam.

— Lembra quando você me mandou treinar meu autógrafo? – a Mari fez uma das suas típicas caras engraçadas. – Vai treinando o seu, viu?

Então, eu abri a mochila para pegar o caderno e encontrei mais um envelope do Caíque. Claro, ele aproveitou que demoramos no intervalo para colocar a cartinha lá dentro. Já perdi as contas, nem sei mais quantas a gente já trocou. E o máximo disso tudo é que não me canso e já estou lamentando quando o prazo da brincadeira terminar. Como eu não ia conseguir me segurar até o fim das aulas, disfarcei e coloquei a carta entre as folhas do caderno.

> Ruivinha,
> Passei a me apaixonar ainda mais quando...
> A gente estava no Jardim Botânico e você me largou plantado porque viu uma criança perdida, que chorava sem parar. Você saiu correndo ao encontro dela, tentando descobrir alguma coisa pra saber com quem ela estava. Pegou a menininha no colo, fazendo com que ela se acalmasse e, enquanto isso, buscava com o olhar quem poderia estar com ela. Até que a mãe dela saiu correndo e, em prantos, abraçou a criança. Ela te de um grande abraço em agradecimento e a menina te deu um beijinho no rosto. Foi só aí que você se lembrou de mim. Fiquei observando a cena, estático, embaixo de uma árvore. Você veio tranquila, como se não tivesse feito nada

demais, me beijou e me deu a mão pra que continuássemos o passeio.

Eu poderia ter ido ajudar? Poderia. Mas fiquei congelado, como um mero expectador. Admirado pela sua disposição de ajudar quem quer que seja. Esta frase eu peguei na internet, mas não consegui saber de quem é: "Qualquer um se apaixona por atitudes inesperadas, sorrisos verdadeiros e palavras sinceras".
Amo você!

Beijos,
Caique

O dia seguiu tranquilo, apesar da quantidade de aulas e das notícias bombásticas. Os meninos aceitaram nossas sugestões para a homenagem pelo aniversário do Edu e postaram na página do fã-clube. A Susana tinha fotos exclusivas que, para variar, deixaram as fãs malucas. Depois fui dar uma conferida no site oficial do IPM. Na parte da tarde, o Edu estudou com a Brenda e, assim que as lições terminaram, acompanhados de um professor particular, rolou até bolo surpresa! Um vídeo de uns três minutinhos mostrava o momento em que os instrutores e os outros candidatos entraram na biblioteca. Eles cantaram "Parabéns" e a Brenda pegou um pouco da cobertura do bolo e sujou o nariz do Edu de propósito. Claro que isso gerou um bocado de comentários! Um deles me chamou a atenção, pois tinha um link da maior colunista de fofocas da internet, a Loreta Vargas. Cliquei, e não gostei nada do que vi por lá. Ela capturou justamente uma imagem da Brenda com um sorriso enorme, com o rosto quase colado no do Edu.

"Eu sou Loreta, não lorota! Sinto que um casal romântico está se formando no confinamento do *Internet Pop Music*, viu? Se eu fosse a Brenda Telles faria o mesmo! Coisa linda que é esse garoto. Se ela não vencer a competição, pelo menos sai com um namorado gato."

Só a Mari estava online no chat.

Ingrid da Costa: Viu a fofoca da tal Loreta Vargas?
Mari Furtado: Acabei de ver! Essa mulher é ridícula! "Eu sou Loreta, não lorota!" Que bordão mais brega!
Ingrid da Costa: Já tá tarde, a Susana deve estar dormindo.
Mari Furtado: Pois é, amanhã ela vai acordar com essa bomba.
Ingrid da Costa: Você acha que tá rolando um clima entre os dois?
Mari Furtado: Claro que não! Essa garota é que é muito oferecida, isso sim.
Ingrid da Costa: Até porque o Edu não ia trair a Susana em rede nacional.
Mari Furtado: Rede mundial, Ingrid! Na internet até do Japão tão vendo isso.
Ingrid da Costa: Ai, é mesmo! Esqueci desse "pequeno" detalhe.
Mari Furtado: Meu pai já passou duas vezes na porta do meu quarto, vou dormir!
Ingrid da Costa: Boa noite! Rsrsrsrs... Até amanhã.

11
Desentendimentos

Eram 6h30 da manhã, eu havia acabado de colocar a camiseta do uniforme. Eu ainda estava morrendo de sono e levei um susto quando meu celular tocou.

– Você tá com o computador ligado? – a Susana perguntou aos berros.

– Tô sim, por quê?

– Entra lá na coluna daquela tal de Loreta Vargas – disse ela, e desligou na minha cara.

Só vou perdoar a Susana porque o motivo é mesmo forte. Afinal, eu tinha visto a fofoca ontem antes de dormir. Mas, mesmo assim, fui lá dar uma olhada para ver se tinham comentado mais alguma coisa.

Quando acessei, tomei um susto. Além da tal foto da Brenda com o Edu e as insinuações da Loreta, tinha um *print* com um comentário da Mari!

"Olha aqui, sua *Lorota* de uma figa! Você está redondamente enganada, viu, sua fofoqueira gorducha! O Edu não vai namorar a Brenda porque ele já tem namorada! A minha amiga Susana é linda e uma das maiores atletas de vôlei juvenil do Brasil. Pode parar com essas fofoquinhas idiotas e vai arrumar uma boa trouxa de roupa pra lavar."

Como se isso já não bastasse, logo abaixo do *print* tinha um comentário sarcástico da Loreta divulgando o perfil da Susana.

"Nervosinha essa amiga da tal Susana, né? Hahahaha, eu me divirto horrores! Pensa que me ofende me chamando de gorducha? Eu sou é gostosa, gata! Ihhh, Susana... Você até que é engraçadinha, mas aproveita enquanto pode chamar aquele gato maravilhoso do Edu de namorado. Não vai ser por muito tempo."

Desliguei o computador, peguei minha mochila e saí em disparada. Mesmo estando ainda na esquina do CEM, consegui ver um grupinho parado num dos portões. E pude ver uma cena que eu nunca pensei que veria na vida: a Susana brigando com a Mari! Para ser bem mais precisa, nunca pensei que qualquer uma de nós brigaria dentro do nosso grupo. Corri para perto do Caíque. A Aninha olhava tudo completamente triste, com cara de choro. Tentamos interceder, mas as duas nem nos deram bola.

– Susana, para um instante e me escuta! – a Mari gesticulava. – Garota, eu te defendi daquela ridícula da Loreta.

– Grande defesa, né? Precisava ter escrito daquela forma? Só atiçou ainda mais a curiosidade daquela fofoqueira dos infernos! E agora o mundo inteiro sabe quem sou eu.

– Ah, agora a culpa é minha? Um monte de gente aqui do Rio já sabia disso e cedo ou tarde as fãs dele de outras partes do Brasil iam descobrir também.

– Mas não daquele jeito! Agora eu sou a namorada traída que vai levar um chute assim que ele colocar os pés pra fora daquele confinamento! Você tem noção da quantidade de recadinhos infames que eu recebi? Não bastava aquela mulher ter exposto publicamente o seu recado debochado, como ainda divulgou o link do meu perfil! A minha vontade foi de excluir minha conta. Por enquanto eu tranquei as informações e só meus amigos podem ver ou comentar. Mesmo assim vou ficar um bom tempo sem postar. Tô com muita raiva!

– Vai deixar de postar porque é boba e insegura! – a Mari disse, acompanhada de um coro de "ohhh" e "ihhh" das pessoas que estavam em volta. – Você vive fuçando esse celular. Até a hora que o pobre coitado faz xixi você quer saber. Aposto que você nem tá treinando direito. Vive de olhos arregalados, vê mania de perseguição em toda e qualquer situação. Desde que o Edu entrou no IPM você tá agindo como uma doida psicopata. Pronto, falei!

– Doida psicopata? – a Susana repetiu a fala da Mari, se aproximando ainda mais dela.

– Você tá descontando tudo em mim sem motivo! – a Mari gritou. – É nisso que dá defender os outros! Você tá tão insegura por ter um namorado famoso e cheio de fãs, que é até melhor mesmo que esse namoro acabe! Você não tem a menor estrutura emocional pra isso.

Minhas pernas tremiam. A Susana, de cara fechada, chegou bem perto da Mari e, diferentemente do que era esperado, falou baixinho, quase num sussurro.

– Nossa amizade acaba por aqui!

A Mari nem conseguiu responder, só abriu a boca para fechar em seguida.

– Susana, calma! – a Aninha se aproximou dela. – Você tá exagerando, a Mari não quis te prejudicar. Por favor, parem de discutir.

– Vai defender essa daí também? – a Susana parecia estar com muita raiva. – E você, Ingrid? Também achou muito legal toda essa confusão na internet enquanto eu dormia, sem poder me defender? Pois muito bem! Acabou as MAIS. Pra mim chega! Não preciso da amizade de vocês.

Eu não consegui pronunciar uma única palavra. Sobrou até para mim que tinha ficado calada durante toda a discussão. A Susana pegou a mochila dela, que estava largada perto do portão, e foi embora. Pensei em correr atrás dela, mas o Caíque me segurou.

– Ela tá transtornada, Ingrid! Ela não vai te ouvir agora.

– A gente nunca brigou antes! – a Mari começou a chorar e foi logo abraçada pelo Lucas. – Eu não devia ter aceitado a provocação dela quando veio tomar satisfações. Mas eu sou esquentada, aí já viu! Que droga!

– Que situação chata! – a Aninha também chorava. – O que a gente vai fazer?

– Acho melhor esperarmos ela se acalmar, como o Caíque sugeriu – opinou o Lucas. – Tá todo mundo de cabeça quente, especialmente a Susana. Vocês são muito amigas! Não vai ser isso que vai acabar com a amizade de vocês. O melhor a fazer é esperar.

Meninos são bem mais práticos. Sei lá, foi essa a impressão que tive. Meninas se descabelam, choram, acham que o mundo vai acabar. Naquele exato momento, era assim que eu me sentia. Quando formamos a sigla da nossa amizade foi para representar o quanto era importante estarmos sempre juntas. Claro que, vez ou outra, discordamos umas das outras, o que é muito natural. Mas essa discussão foi horrível. A Susana nunca faltou à aula um dia sequer. Vê-la pegando a mochila e virando as costas pra gente me deixou arrasada. Se não fosse o apoio do Caíque e do Lucas, acho que a gente também teria ido embora.

Nem preciso dizer que a manhã foi péssima, né? Olhar para a cadeira da Susana vazia e me lembrar daquela confusão não foi nada legal. A Mari então nem se fala... Chegou a ficar com os olhos inchados de tanto chorar. Não se falava de outra coisa pelos corredores. Não era só uma briga de amigas, mas uma confusão que não tínhamos condições de medir. Afinal de contas, o motivo estava lá na internet para qualquer um ver. Não duvido nada que já tenham ido fofocar para a tal de Loreta Vargas! Se ela queria colocar lenha na fogueira, parabéns, ela conseguiu.

Estava até esperando que a coordenadora Eulália nos chamasse. Afinal de contas, tudo tinha acontecido na porta do CEM. Mas isso não ocorreu. Talvez porque tenha acontecido do lado de fora. Se a discussão tivesse sido no pátio, posso apostar que cada uma receberia uma advertência. Peguei a Gláucia olhando pra gente com um risinho um tanto sarcástico. O que essa garota tem, gente? Por que ela faz questão de ser tão desagradável? No início pensei que a implicância era só com a Aninha. Ela era a fim do Igor, que não quis saber dela, e agora ela namora com o Guiga. Mas, pelo visto, a implicância dela é com o grupo todo. Que *vibe* mais negativa!

Quando finalmente saí do colégio, estourando de dor de cabeça, vi o Léo parado do outro lado da rua. Eu achei estanho e atravessei correndo.

– Oi! Que surpresa boa você por aqui! – eu o abracei pela cintura, claro, que era onde eu alcançava. – Não tem estágio hoje?

– Hoje tô de folga e vim te buscar pra almoçar – ele falava comigo olhando para os portões.

– Tem certeza de que me levar pra almoçar foi o único motivo pra você vir até aqui?

– Por que a pergunta?

– Por que a pergunta? – imitei o jeito como ele falou. – Pensa que eu não sei que você tá caidinho pela Susana?

O olhar dele congelou. Então, ele disfarçou, virou para o outro lado, mas começou a rir.

– Não acredito que você percebeu! – ele confessou.

– Ahá! Eu sabia!

– Dei tanta bandeira assim? – ele fez uma careta engraçada.

– Ela não veio hoje. Quer dizer, veio. Mas teve uma tremenda confusão e ela foi embora.

– Eu vi o lance da internet.

– Viu? Nossa, foi exatamente por causa disso que ela foi embora. Vou te contar tudo, mas antes preciso avisar em casa que vou almoçar fora. Que bom que você apareceu! Precisava conversar com alguém que não se meteu nessa confusão toda.

Entrei no carro e, enquanto ele fazia a manobra, liguei para casa para avisar que chegaria mais tarde. Ele me levou a um restaurante muito legal no Flamengo, perto da agência dos pais dele. Eu ainda não tinha conversado com eles oficialmente. Desde que tivemos certeza de que somos irmãos, o Léo passou a buscar o Carlinhos todas as vezes para que a gente pudesse conversar, e eu nunca mais tinha visto a Sílvia.

Fizemos o pedido, tomei um analgésico e, enquanto a comida não chegava, contei para ele toda a confusão na entrada do CEM.

– É uma pena que vocês tenham brigado. Nunca vi um grupo tão legal quanto o de vocês.

– Foi a nossa primeira briga... – lamentei. – Mas espero que a gente consiga resolver isso logo. Agora que estamos aqui, sentadinhos, pode falar a verdade. Você foi lá pra ver a Susana, não foi? Essa historinha de me buscar pra almoçar foi só desculpa.

Ele riu e pareceu envergonhado. Como o sorriso dele era perfeito! Ele ficava lindo sorrindo.

– Desde a primeira vez que a encontrei na sua casa, eu adorei o papo dela sobre os treinos de vôlei, das dificuldades que ela passou pra entrar no time. Acho que ela é determinada, sabe? Gosto disso nas garotas. Não curto meninas cheias de frescuras. Mas como competir com um popstar? Além do mais, eu sou mais velho, já tô na faculdade. Nossas realidades são diferentes. Sentimentos são coisas que acontecem. Por isso resolvi ficar só no platônico mesmo.

– Caramba! E eu que pensei que só meninas vivessem amores platônicos. Mas desculpa... Já que estamos no nosso momento confissão, eu fucei seu perfil no dia que você me adicionou. E reparei que lá não tem muitas fotos antigas ou com namoradas.

– O que você tá querendo insinuar?

– Não tô querendo insinuar nada, tô perguntando diretamente.

– Digamos que eu não tenho muita experiência. Já fiquei com algumas garotas, mas nunca namorei.

Não sei se o silêncio que caiu sobre nós foi por causa do que ele tinha dito ou pela chegada do garçom. Eu fiz aquela típica cara de paisagem até que ele tivesse servido tudo.

– Como assim nunca namorou, Léo? Você já tinha me dito isso pelo chat e eu não levei a sério, achei que você tava me zoando. Você é alto, forte e gato, vai? Quando você chega todo mundo olha. As meninas devem cair aos seus pés.

– Cair aos meus pés? – ele gargalhou. – Vou te mostrar uma coisinha aqui no meu celular. Aí você vai entender porque tenho poucas fotos no perfil.

Fiquei curiosíssima! O que de tão misterioso poderia ter no celular dele? Até que ele me mostrou várias fotos. Inacreditável! Ele era extremamente magro! E os dentes? Muito tortos! E espinhas! Ele era completamente diferente. Feio. Eu não queria dizer isso abertamente, mas as fotos falavam por si só.

– Seu sorriso é perfeito hoje!

– Você falou muito bem: hoje! Depois de sofrer muito com o aparelho, consultas com o ortodontista e tudo o mais. Foram anos de sofrimento.

– Meu Deus, que transformação! – eu estava chocada.

– Eu era um troço horrível! – ele riu. – Se hoje tô, digamos, apresentável, foi com muito esforço. Meus pais são donos de uma agência de modelos. Você tem noção do que eu sofri vendo todos aqueles portfólios perfeitos? Sabe aquele velho ditado "Casa de ferreiro, espeto de pau"? Eu era o espeto. Feio, magrelo, cheio de espinhas e com os dentes tortos.

– Pensei que só as meninas sofressem com a aparência.

– Você tá muito enganada. Existe um preconceito extremamente machista por aí. Tem gente que acha que homens que se cuidam, que gostam de ter boa aparência, são afeminados. Nada a ver! Eu precisei recorrer a tratamentos estéticos pra ficar do jeito que estou hoje e não me arrependo. As pessoas podem ser bem cruéis quando querem. Eu era zoado na escola por ser do jeito que você viu. Eu não estava feliz com a minha aparência, me afastava das pessoas, deixava até de sair. Aí, quando comecei a fazer os tratamentos, os caras começaram a pegar no meu pé, me chamando de mulherzinha.

– Não sei nem o que te falar. Juro – eu estava espantada demais. – Em que mundo eu vivia que não sabia disso? Que preconceito mais ridículo.

– É. Tem que ter muita força de vontade. Eu tive a sorte de meus pais poderem bancar toda essa transformação. E de terem conhecimento no assunto também. Se eles não trabalhassem com beleza, talvez não entendessem meu sofrimento. Ortodontistas, dermatologistas, nutricionistas, dietas, tratamentos de pele. Fora a academia e os suplementos alimentares. Levei três anos pra ficar como estou agora.

– Depois de toda essa explicação, entendi o lance das namoradas, me desculpa.

– Não há do que se desculpar! – ele acariciou meu braço de uma forma muito fofa. – As meninas com quem fiquei até hoje são do Rio. Mudamos pra cá logo no início da faculdade. Então as pessoas já me conheceram assim e não existe aquela comparação. É como se eu tivesse me libertado de um personagem, sei lá. Aquele Leonardo esquisito e desengonçado ficou lá no interior de São Paulo.

Falamos tanto que com certeza demoramos o dobro do tempo no restaurante. Quando olhei para o relógio já eram 2h30 da tarde. E lá veio o Léo com outra proposta.

– A agência dos meus pais fica a duas ruas daqui. Vamos até lá?

– Mas assim, de repente? Sem avisar? Ai, Léo...

– Ah, para de me enrolar, vai?

– Tudo bem, mas só meia hora. Ainda tenho que ver um monte de coisa do colégio. E fiquei de passar na ONG também. Hoje não é dia de atividade, mas fiquei de entregar um relatório do desempenho das crianças.

– Meia hora, eu prometo.

12
Será que vai dar certo?

O prédio da agência ficava bem em frente ao Largo do Machado. Muito movimentado, um entra e sai danado de gente. Pegamos o elevador e ele apertou o botão do décimo andar. Quando as portas se abriram, demos de cara com a entrada da agência: Estúdio Jovem Models. A recepção era toda verde e branca e tinha várias fotos lindíssimas na parede. Ali eu entendi completamente tudo que o Léo passou. Fiquei me sentindo uma nanica sem graça vendo aquele bando de gente bonita estampando aquelas paredes. Ainda mais por não estar arrumada, usando o uniforme do CEM.

– Oi, Joana, tudo bem? – o Léo cumprimentou a recepcionista. – Meus pais estão ocupados?

– Eles estão analisando juntos o portfólio para uma campanha. Pode entrar.

Não havia mais ninguém na recepção. Pensei que ia encontrar um monte de gente preenchendo fichas, ou cruzar com alguém que vi numa revista.

– Os primeiros dias da semana são dedicados para a parte administrativa – ele explicou. – Nem toda agência é assim, mas eles quiseram se organizar dessa forma. Eles sempre marcam a seleção de modelos às quintas, sextas e sábados pela manhã. Meu pai cuida das finanças e das partes burocráticas. Desde que eles se casaram, a minha mãe assumiu a seleção das modelos. Ela também é uma espécie de olheira. Se ela tá num evento, festa ou no shopping e vê alguém que tem potencial, ela se apresenta e entrega o cartão. Temos um estúdio fotográfico aqui também, fazemos *book* pra quem não tem. Algumas fotos de campanhas também são feitas aqui. Outras agências, especialmente de publicidade e propaganda, também nos procuram. Aqui ainda está tudo concentrado em ensaios fotográficos. A ideia deles é expandir para outras áreas.

Seguimos por um corredor estreito até a última sala. Ele deu duas batidinhas na porta e nós entramos. Eu estava muito constrangida! Mas os dois me receberam de forma muito calorosa e, aos poucos, fui perdendo a vergonha.

— Seja bem-vinda, querida! — o pai do Léo me abraçou. — Eu tava doido pra te conhecer. Eu sou o Márcio.

— Fique à vontade, Ingrid! — a Sílvia me beijou no rosto e apontou uma cadeira vazia em volta da mesa. Ela parecia preocupada. Mesmo tendo sido simpática comigo, ela franzia tanto a testa que parecia que ia explodir a qualquer momento.

— Nossa! Que caras são essas? — o Léo perguntou. — Chegamos numa hora ruim? Querem que a gente volte outro dia?

— Ah, filho, que nada, imagina! Ingrid, me desculpe. É que parece que estamos no meio de uma tempestade, sabe? Léo, hoje pela manhã recebemos o contato de uma agência publicitária. Aquela com que estou tentando fazer parceria já faz algum tempo. Trata-se de uma campanha para uma empresa de cosméticos. Precisamos encontrar uma modelo para fazer um comercial para a tevê com urgência. A menina que eles tinham contratado foi parar no hospital por causa de bulimia. E se eles não entregarem o comercial na data certa, pagarão uma multa altíssima! Por isso estão com tanta pressa.

— O que é isso mesmo? Bulimia? — perguntei.

— É um distúrbio alimentar. Essa garota comeu muito numa festa e, para não engordar, provocou o vômito. Encontraram a moça caída no banheiro — o Márcio explicou, com um semblante triste. — Fiquei com pena da modelo, ela acabou perdendo um trabalho. É claro que não foi só esse evento que causou sua internação. Certamente ela vinha fazendo isso há algum tempo, até que seu corpo não aguentou.

— E por causa disso a agência resolveu mudar as características físicas da modelo. Querem uma garota de porte atlético, que fuja um pouco de garotas com cara de profissional, se assim posso definir. Uma garota comum, mas que seja bastante feminina — ela estava com uma cara de preocupada. — Já reviramos esses arquivos e todas as modelos cadastradas não batem com o que eles querem. Não vamos ter tempo de recrutar alguém assim tão depressa.

— Porte atlético? — o Léo fez uma cara suspeita e olhou para mim. — Como vai ser mesmo essa campanha, mãe?

– É de uma nova linha de produtos que inclui xampu, condicionador e desodorante. Precisa mostrar que a nova geração está correndo atrás das coisas, pra lá e pra cá, sempre na atividade. A ideia é mostrar que os produtos facilitam a vida de quem usa. É um comercial meio clichê, mas, como sempre aparecem mulheres mais velhas, precisamos de um ar mais jovem para esse tipo de proposta.

– Desculpa a pergunta, mas qual é a marca? – não aguentei e acabei me metendo no assunto.

– É CSJ Teen, vocês conhecem?

Eu e o Léo nos olhamos e caímos na gargalhada. Os pais dele nos encararam como se fôssemos dois loucos.

– Você tá pensando a mesma coisa que eu? – olhei para o Léo, ansiosa.

– Exatamente! Será? – os olhos dele brilhavam.

– O que vocês estão pensando? Se for algo para nos ajudar, por favor, falem! – a Sílvia estava meio desesperada.

– Acho que o pessoal da agência pisou na bola feio! A solução para o problema está dentro da própria CSJ Teen – o Léo fez cara de deboche.

– Como assim? – ela perguntou ansiosa. – Vamos, filho! Fala logo que já estou louca com isso. Se não conseguirmos uma modelo em 48 horas, eles vão procurar outra agência. E essa parceria é muito importante pra gente.

– A CSJ Teen patrocina um time de vôlei juvenil feminino e a gente conhece uma das atletas. Quer melhor exemplo que esse? Ela tem esse porte atlético, tá sempre na correria e é um excelente exemplo de como um desodorante pode durar bastante tempo! – ele não se aguentou e riu. – Além de ser linda, claro. Ela é o retrato fiel da própria marca. E olha que eu estudo fisioterapia, hein? Tô sabendo mais de marketing do que esse pessoal aí. Um tremendo vacilo.

– Preciso ver uma foto dela urgente! – a Sílvia batia os dedos nervosamente no tampo na mesa. – Ela não é contratada por outra agência, é?

– Na verdade, ela não é modelo profissional... – falei, um tanto insegura por ter praticamente caído de paraquedas no meio de uma reunião de trabalho. – Mas posso acessar meu perfil e mostrar algumas fotos. Tem várias fotos lindas dela por lá.

– Ah, querida, entre aqui no seu perfil e me mostre agora mesmo! – a Sílvia cedeu a cadeira dela, que estava de frente para um computador.

Entrei com o meu login. Minhas mãos tremiam tanto que até errei a senha na primeira tentativa. Quando mostrei as fotos da Susana para os pais do Léo, eles se olharam como se tivessem visto o resultado de um prêmio da loteria.

– Ela é perfeita! – a Sílvia bateu palmas de tão feliz que ficou. – Você pode falar com ela? Trazê-la aqui com um responsável?

Olhei para o Léo quase que implorando por socorro.

– Mãe... Elas brigaram hoje pela manhã. Estão sem se falar.

– Mas isso é hora de brigar, meu Deus?!

– Calma, Sílvia – o Márcio tentou tranquilizá-la. – Você está quase histérica, isso é jeito de falar com a Ingrid?

– Desculpe! – ela afagou os meus cabelos.

– Ingrid, vamos ali fora um instante – o Léo me puxou pela mão.

Andamos até uma espécie de copa. Ele pegou um copo d'água para ele e outro para mim. Nós nos sentamos à mesa, um de frente para o outro e, depois que ele bebeu metade do copo num só gole, falou o que estava pensando.

– O real motivo da briga da Susana com vocês foi porque ela se sentiu insegura com o assédio das fãs. A tal fofoqueira de internet insinuou que ela nem era tão interessante e que logo seria trocada. Acho que o fato de a Mari ter se metido na história foi só um pretexto que inconscientemente ela usou.

– É... Pensando dessa forma, acho que você tem razão – concordei.

– Imagina a Susana num comercial desses em rede nacional? – ele sorriu, como se visse a cena dentro de sua cabeça. – As meninas iam respeitá-la mais.

– Você acha mesmo? Como assim, respeitá-la?

– Claro. Hoje ela é a namorada que pode ser traída. Em alguns dias, ela pode ser a estrela de um comercial de tevê. Ela vai estar por cima. E, melhor do que isso, estrela do time que hoje ela é atleta. Não seria nenhuma mentira, só iria realçar o que ela já faz. A partir daí, ela não vai ser uma concorrente qualquer para as meninas. Isso vai dar poder pra Susana e assim ela vai melhorar um pouco da autoestima que está abalada com toda essa confusão.

– Você tá prestando atenção no que tá dizendo?

– O que foi, Ingrid? Não quer ver a sua amiga bem e reatar a amizade com ela?

– Claro que sim! Mas, se você a ajudar dessa forma, não percebe que vai afastá-la ainda mais de você? Isso vai fortalecer o namoro dela com o Edu.

– Minha irmã... – ele deu um sorriso meio torto e apertou minha mão. – Eu falei que estamos naturalmente separados. Ela é apaixonada por esse tal de Eduardo, e não há nada que eu possa fazer. Mas posso tentar ajudá-la a ser mais feliz. E se existe alguém que entende bem de autoestima abalada, esse alguém sou eu.

– Estou chocada.

– Por quê?

– Você não existe. Você saiu de algum conto de fadas?

– Para de puxar meu saco, vai! – ele fez uma cara engraçada. – De príncipe eu não tenho absolutamente nada. Estamos apenas fazendo uma suposição. Ela nem aceitou ainda.

Voltamos para a sala e os pais dele torciam as mãos de ansiedade. O Léo explicou que temporariamente eu não podia falar com a Susana, pois não seria muito bem recebida. E por causa disso talvez ela nem considerasse direito a proposta. Ele sugeriu que a mãe fosse até a sede da CSJ Teen para procurar a Susana. O ideal era que a Sílvia falasse com o técnico primeiro, para depois conversar com ela.

– Só tenho um pedido a fazer... – ele falou sério.

– O que é, filho?

– Não conte nada sobre a gente. E, por favor, não diga que é minha mãe.

– Mas por quê? Ela não ficaria feliz em saber que foi indicada por dois amigos?

– Depois explico com mais calma, mãe. Por favor, pode ser assim? É muito importante que ela pense que você a notou por ela mesma.

— Bem, se você está me pedindo, vou aceitar. Meu desespero está num nível acima do tolerável. Se ela concordar em fazer esse comercial, estaremos feitos! Vai ser o primeiro contrato em parceria com essa agência de publicidade. Há meses estou tentando e nada.

Como naquela tarde a Susana estaria no treino, passei o endereço para a Sílvia e ela saiu em disparada para a sede da CSJ Teen. Bateu o maior nervosismo em mim! Será que a Susana aceitaria? A minha vontade era de ter entrado no carro da mãe do Léo para convencê-la. Mas, como ele mesmo disse, ela ainda devia estar magoada e talvez nem ouvisse direito a proposta. Minha primeira visita oficial aos pais do Léo foi bastante movimentada. Tive a sensação de estar em um filme de ação, ou mesmo em uma comédia romântica.

E vejam só! O Léo, com todo aquele tamanho e músculos, se revelou um grande romântico. Sim, meu irmão é um príncipe. Se eu não soubesse do amor que une a Susana e o Edu, seria a primeira a torcer por esse novo casal! Era impressionante a capacidade dele de me surpreender. A garota que conquistar seu coração terá uma sorte imensa.

Antes de ir embora, eu o abracei bem forte! E ainda o enchi de beijos. Meu coração estava transbordando de um sentimento novo. O que estava diferente em mim? A felicidade de encontrá-lo, a admiração, o respeito, a saudade, a vontade de cuidar, de saber se ele está bem. Percebi que amava meu irmão. Só que é um tipo de amor que transmite uma paz enorme, pois sei que vou poder contar com ele para sempre. Se eu amo a minha irmãzinha Jéssica? Claro que sim. O sentimento é o mesmo, mas a forma de senti-lo é única e pessoal. Era esse o tipo de amor que tentei falar para a Aninha quando li seu caderno. Eu estava prestes a conhecê-lo e meio que pressenti tudo isso. Ele surgiu na minha vida para me dar uma alegria enorme.

— Eu preciso falar algo muito importante...
— O que foi? — ele pareceu preocupado.
— Eu amo você, meu irmão.

Ele ficou mudo. Passou a mão nos meus cabelos e seus olhos se encheram de lágrimas. No meio de um soluço, ele disse que me amava também.

– Você vai continuar me amando mesmo eu sendo um chorão? – ele riu.

– Ainda mais! – eu o abracei.

Só me restava torcer para que o plano desse certo. Voltei para casa e fiquei pensando positivamente. E, claro, suspirando por essa ideia de amores platônicos. Não daria um bom enredo de filme?

13
A aliada perfeita

Eu estava atrasada! Então, imprimi correndo o relatório para entregar para a Silvana. Troquei de roupa rapidinho e já ia desligando o computador quando vi que um novo e-mail havia chegado. Era da Cláudia, a contadora de histórias que é voluntária na Biblioteca Dom Quixote, da Tijuca. Conheci a Cláudia quando acompanhei a Aninha em sua primeira matéria para o Jornal do CEM.

> Oi, Ingrid, tudo bem?
> Como você se mostrou interessada no meu curso de contação de histórias, escrevo este e-mail para avisar que em duas semanas vou formar uma nova turma aqui na Biblioteca Dom Quixote.
> O curso é inteiramente gratuito e tem duração de oito semanas. Vai ser realizado às quintas-feiras, das 14 às 17h. Envio anexa a ficha de cadastro, caso você ainda queira participar. Ainda temos cinco vagas, então, se quiser convidar uma amiga, fique à vontade!
> Vou desenvolver com os alunos a habilidade de contar histórias por meio de leituras dramatizadas e também usando bonecos e fantoches. Mas pode ficar tranquila porque não é necessária nenhuma formação prévia, só gostar de uma boa história.
> Aguardo seu contato.
> Um beijo,
> Cláudia

A minha mãe com certeza não ia me deixar ficar indo sozinha para a Tijuca. É muito fácil chegar lá de metrô, mas mães são mães, eternamente preocupadas. Como tudo o que faço fica em Botafogo e vou à pé para todos os lugares, ela já diria que andar de metrô sozinha toda semana ia ser uma grande aventura. Várias garotas da minha idade andam sozinhas por aí. Mas isso não é argumento para a minha mãe. "Você não é todo mundo." Mas, na verdade, achei que seria bem mais divertido ir com um conhecido. E uma pessoa que tinha a cara do curso era justamente a Silvana!

A Silvana é a coordenadora da ONG. Eu a conheci durante a campanha do leite que fizemos no CEM, quando a Aninha era presidente do grêmio, no ano passado. Depois, no início do ano, encontrei a Silvana por acaso e ela falou sobre o trabalho da ONG. Eu fiquei encantada! Na mesma hora quis conhecer e me tornei voluntária. Durante esses meses formamos uma amizade muito especial. Ela tem a idade da minha mãe, então me trata como se fosse sua filha.

Dei duas batidinhas na porta da direção e ela me recebeu com um sorriso. Entreguei o relatório e comentei do curso. Indiquei a matéria que a Aninha tinha feito para o *Jornal do CEM*, já que dava para todo mundo acessar. Ela leu no seu notebook e ficou encantada!

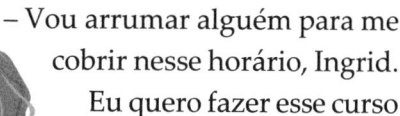

– Vou arrumar alguém para me cobrir nesse horário, Ingrid. Eu quero fazer esse curso com você. Parabéns, você é sempre tão dedicada. As crianças adoram você, uma das nossas voluntárias mais queridas. Você abraçou as atividades da ONG com muito carinho.

– Ah, Silvana! – eu fiquei com vergonha. – Faço porque gosto. De verdade! Eu decidi fazer pedagogia na faculdade.

– É uma ótima escolha, perfeita pra você. E esse curso, mesmo sendo de curta duração, já vai dar uma ideia do que vai ser o seu trabalho com crianças quando se tornar pedagoga, caso queira trabalhar em sala de aula. E ouvir histórias é uma das atividades mais prazerosas para as crianças.

– Posso falar para a minha mãe que terei companhia, então? Assim ela vai me deixar participar, ainda mais com você.

– Claro que pode. Se precisar, peça para ela me ligar. Vai ser muito divertido.

No dia seguinte, a Susana apareceu no CEM, mas se sentou no fundo da classe. A gente tentou falar com ela, mas ela não nos deu a menor bola. A Mari estava arrasada. A Susana anotou tudo calada. No intervalo, pegou os cadernos do Caíque com as matérias que ela tinha perdido e foi para a biblioteca. Um ponto positivo: ela não estava brigada com os meninos. Então ainda restava a esperança de que ela voltasse a falar com a gente.

Estava conversando sobre isso com as meninas no intervalo quando o Caíque chegou com cara de bravo.

– O que foi, meu amor? – fiz um leve carinho no seu braço. – Que cara é essa?

– Saí de perto do Guiga antes que eu soltasse um palavrão no meio da cara dele! – bufou.

– Credo! – a Aninha se espantou, já que ele estava falando do seu ex--namorado. – O que foi que ele fez?

– Na verdade não é bem ele, mas aquela garota que ele tá namorando, a Gláucia. Ela é irritante!

– Ela é meio esquisita mesmo, mas fala logo, Caíque – a Mari arregalou os olhos de curiosidade.

– Sabe aquele tipo de garota sem personalidade, que faz tudo o que o namorado quer? Podem acreditar, meninas, os garotos não curtem isso. É por isso que o namoro de vocês não deu certo, Aninha. Ela faz tudo o que ele quer e concorda com tudo o que ele diz, parece uma boneca programada. Não dá pra conversar com ela, não tem opinião própria pra nada. E o Guiga acha o máximo! Saí de perto antes que começasse a xingar.

– Nossa! Logo você que é o mais calmo ficou assim? – a Mari riu. – Mas, sério, eu pensei que vocês, garotos, gostassem disso.

– De garotas palermas? – ele discordou. – Garotos com personalidade com certeza não curtem, posso garantir. Tô tentando manter a amizade com o Guiga, mas tá difícil. Bom, vou indo nessa encontrar os outros meninos no campinho.

Ficamos olhando o Caíque se afastar e depois caímos na risada. Até bravinho o meu namorado era lindo.

Na hora da saída ficamos de tentar falar com a Susana mais uma vez. Mas ela pegou a mochila e praticamente saiu voando pelos portões. Pelo jeito teríamos de esperar um pouco mais.

Era dia de jazz, então almocei com as meninas. Já era a segunda vez seguida que eu almoçava fora. Assim vou acabar ficando mal acostumada. Mas é mesmo uma delícia, vamos combinar.

– Bom, vou contar uma história fofa pra animar vocês! – a Aninha desligou o celular feliz da vida.

– Nossa, o que aconteceu? Ganhou um carregamento de jujubas? – a Mari brincou, numa tentativa de amenizar o clima.

– A minha vó vai se casar! Vocês acreditam?

– Mentira?! – até engasguei com a novidade. – Que máximo! Viu como o amor não tem idade?

– Até outro dia você falava que ela andava cabisbaixa pela casa – a Mari falou empolgada. – Fez amizade com a avó da Susana, passou a ir aos bailes da terceira idade e já arrumou casamento!

– Não é incrível? – a Aninha falou quase chorando. – Marcaram para dezembro.

– Ah, espertinhos! – a Mari riu. – Todo mundo com o 13º salário no bolso! Vão ganhar mais presentes.

– Ah, Mari, você é hilária! Até chateada com tudo o que tá acontecendo, você não perde o bom humor... Eles querem casar em dezembro porque vai ser aniversário da minha avó. Vão se casar no dia do aniversário dela.

– Ahá! O que foi que eu disse? Espertinha! – a Mari insistiu. – Dois presentes, um de aniversário e outro de casamento.

– Mari, você é uma comédia! – tive que rir também.

Quando a aula de jazz acabou, a Mari foi correndo para casa para tomar um banho, ela tinha aula de teatro mais tarde. Enquanto a Aninha e eu andávamos pela rua, tive uma ideia.

– Aninha, e se a gente falasse com a avó da Susana? – sugeri.

– Pra contar que a gente brigou? Você não acha que a Susana ia ficar mais brava ainda?

– A gente pede segredo. Ela sempre ouve a avó, além de ser a sua maior confidente. O que você acha? Ela mora a três ruas daqui. Vamos dar uma passadinha lá?

– Mas assim, sem avisar? – a Aninha ficou receosa. – Vamos entrar aqui nessa galeria rapidinho, pois não gosto de usar o celular no meio da rua. Vou ligar pra minha avó; elas estão tão amigas.

A Aninha ligou e explicou mais ou menos a situação. Sua avó ficou de ligar para a avó da Susana perguntando se a gente podia ir lá. Demos uma olhada nas vitrines por uns cinco minutinhos até que a avó da Aninha retornou a ligação, avisando que a gente podia ir.

– Boa tarde, meninas! – a dona Lourdes abriu a porta com um sorriso fofo. – Entrem, por favor.

– Desculpa aparecermos assim de repente – a Aninha a beijou no rosto. – Se não fosse tão urgente, não agiríamos assim.

– Não incomodam em nada, queridas. Eu achei ótimo que vieram. Fiquei sabendo da briga. Lamentável.

– Estamos muito tristes com o que aconteceu, sobretudo a Mari – falei. – Mas estamos preocupadas com a Susana. Vou tocar em um assunto delicado, mas acho que ela teve uma recaída. Ela tá muito insegura com esse programa que o Edu tá participando.

– Eu percebi, Ingrid... – ela fez uma carinha triste para em seguida suspirar. – A Susana é uma menina forte e determinada em relação ao esporte que ela quer ter como profissão. Minha neta se dedica ao máximo. Mas, nas questões do coração, ela ainda é um tanto imatura. O primeiro namoradinho foi morar no exterior e o segundo é muito disputado. Parece que o tempo todo ela é assombrada pelo fantasma da perda. O Eduardo já demonstrou muitas vezes que é dela que ele gosta, se mostra muito mais maduro nesse sentido, mas não deve ser fácil para ela ver tanto assédio! Eu não entendo muito desse negócio de internet. Ela já tentou me explicar, mas não tenho muita paciência. Envio e-mails e leio alguns sites de notícias e só.

– Foi justamente por uma coisa que aconteceu na internet que começou toda a confusão. Como ela tá? Ela não falou com a gente hoje, nos evitou... – a Aninha comentou.

– Ela está chateada sim, mas aconteceu uma coisa que de repente pode melhorar tudo – a avozinha dela sorriu. – Parece que ela vai fazer um comercial para a televisão! Está tudo muito corrido, pois o convite surgiu ontem. Ela foi escolhida para representar o time numa propaganda de uns produtos de beleza. E, o mais empolgante, foi que a mãe da Susana pela primeira vez se mostrou verdadeiramente animada. Hoje a Susana foi dispensada do treino para cuidar disso e a minha filha foi com ela.

– Mas que maravilha! – a Aninha vibrou. – Que notícia fantástica! Não é mesmo, Ingrid?

– Claro! – eu estava empolgada de verdade, mas muito mais pela história "oculta" de todo o processo. – Ela nunca nos falou que gostaria de fazer algo artístico.

– Para ela também foi uma surpresa! – a dona Lourdes continuou bastante animada. – Ela estava treinando e uma senhora, dona de uma agência de modelos, a procurou dizendo que ela seria perfeita para uma campanha da CSJ Teen. Mas que precisaria de uma resposta rápida, pois o comercial seria gravado no fim de semana. Ela ficou com um pouco de medo de se expor. Mas, por incrível que pareça, a Valéria adorou a ideia e a apoiou. Então, foram lá acertar tudo.

– Ai, não sei nem o que dizer de tão feliz que estou! – a Aninha até tossiu de tanta animação.

— Mas vocês precisam fingir que não sabem de nada! – a dona Lourdes pareceu preocupada. – O nosso encontro de hoje será nosso segredinho. Tenho certeza de que logo vocês vão fazer as pazes. Esse comercial vai dar um novo ânimo a ela e vai mudar o foco dos seus pensamentos. Ela vai parar de pensar um pouco no namorado e vai pensar mais em si mesma.

– A senhora tem toda a razão! – falei. – Vamos fingir que não sabemos de nada.

– Tudo vai acabar bem. Logo a minha neta vai entender que não passou de um mal-entendido. Obrigada pelo carinho que têm por ela! Vou até a cozinha buscar uma fatia de bolo de milho para vocês!

Cheguei bem contente em casa! Acho que o plano do Léo está dando certo. A Susana vai se sentir mais valorizada com tudo isso. E sinceramente? Não deve ser nada fácil estar na pele dela. É muita pressão para uma pessoa só. Deus me livre!

Esperei o horário do estágio do Léo terminar e liguei para ele. Contei que o plano estava indo bem. Mais uma vez, ele pediu para guardar segredo. Ele não queria de jeito nenhum que a Susana soubesse que ele era filho dos donos da agência.

Foi difícil guardar o segredo e não contar para as meninas. Mas ele estava mesmo nervoso com a possibilidade de ser descoberto, pelo menos por enquanto. E, minha nossa, que confusão! Meu irmão apaixonado platonicamente pela Susana. Meu coração ficou apertadinho. Amores não correspondidos são tão dolorosos...

Lembrei da Jéssica e da sua paixonite pelo Gabriel. Fui lá perguntar e sabe o que ela me respondeu?

– Ah, Ingrid, o Gabriel é legal, mas é muito criança. Só quer brincar de videogame ou ver desenho animado. O Michel, do quarto ano, é muito mais legal. Mas só fico olhando pra ele de longe, porque ele nem sabe que eu existo. Aliás, nem eu e nem metade das meninas que suspiram quando ele passa no corredor.

Eu mereço uma coisa dessas?

Eu me recostei na cama com um livro esotérico que há tempos não lia. Abri aleatoriamente e caiu em um artigo sobre coincidências. Depois de ler umas três páginas, fechei o livro por um instante e fiquei pensando nos últimos acontecimentos. Por coincidência, encontrei a Silvana e ela me convidou para conhecer a ONG, que hoje é tão importante para mim. Também seria coincidência o Carlinhos ir parar justamente na ONG em que sou voluntária? E ser justamente irmão do Léo, que acabei descobrindo que também era meu irmão? Seria também coincidência termos ido visitar os pais dele na agência justamente na hora que em estavam procurando alguém com as características da Susana?

Eu acredito muito em energia, vibração, tanto a positiva quanto a negativa. Sabe aquela pessoa que naturalmente tem uma *vibe* estranha, que você se arrepia quando chega perto? Vive reclamando, criticando tudo e todos... Já outras parecem ímãs. São simpáticas, divertidas, têm sempre algo bom a dizer e contam histórias interessantes. É muito bom ficar perto de pessoas assim.

Também acredito que, dependendo da nossa vibração, vamos atrair diferentes tipos de situações. E que tipo de vibração foi essa que gerou tantas coincidências em tão pouco tempo? Coincidências existem mesmo?

Olhei para o porta-retratos com a minha foto com o Caíque. Ele era da minha turma há tanto tempo! Foi coincidência ele ter começado a ir buscar o irmão na escola e ter conhecido a Jéssica? E ele acabar se interessando por mim por causa dela?

Tudo isso é muito complexo. Pensei, pensei, pensei e não encontrei resposta. Crescer é complicado, né? Bateu saudades do tempo em que a minha única preocupação era encontrar uma figurinha para completar o meu álbum das princesas...

Já que eu estava a fim de pensar em coisas menos complicadas, resolvi fazer uma coisa bem fácil: escrever uma das últimas cartinhas para o Caíque. Peguei um papel de carta para deixar tudo preparado para colocar na mochila dele no dia seguinte.

Meu amor,

Vou sentir saudades dessa troca de cartinhas. Foi uma das coisas mais fofas e divertidas dos últimos tempos.

Passei a me apaixonar ainda mais quando...

Eu estava muito triste por causa da internação de um dos meus alunos da ONG. Ele passou mal e precisou ficar no hospital durante quase uma semana. Por sorte, ele se recuperou logo, mas eu fiquei muito abalada. Você não disse nada, apenas me abraçou bem forte. Depois me deu um beijo na testa com tanto carinho que fiquei completamente sem ar. Aquele gesto significou "Estou aqui para o que você precisar. Eu respeito você, quero cuidar de você".

Te amo, meu príncipe.

Beijos,
Ingrid

14
Segredos

Quando acessei a internet depois do jantar, só se falava de uma coisa: o novo site do César Castro. Ops, quer dizer, Augusto Machado. Ele queria se esconder no início, né? Em compensação agora tem tudo! Site oficial, perfil nas redes sociais, agenda de eventos e, o que mais deixou as meninas eufóricas, um álbum de fotos para divulgação!

As meninas perdem mesmo a linha, é impressionante. Não vejo os garotos falando isso na internet. Claro que quando acham uma mulher bonita eles fazem comentários, mas as meninas perdem o controle. Tem horas que é até engraçado. No caso de artistas, algumas até planejam o casamento com os ídolos. Conheço outras que pagaram uma fortuna só para tirar uma foto com eles. Nunca fui muito fã de um artista, não posso julgar, de repente até pagaria também, quem sabe? Mas, no caso do César Castro, elas bem que podiam ser mais discretas. Afinal ele é nosso professor! Imagina ele chegando para dar aula depois de ler comentários das próprias alunas? Só espero que esse tipo de comportamento não o prejudique no CEM, pois eu adoro as aulas dele. Ah, uma coisa interessante para se observar: todas as sessões de autógrafos foram agendadas para os fins de semana. Quando o César falou que nenhuma de suas atividades seria prejudicada, ele falou sério mesmo. Tomara que ele realmente dê conta de tudo. Eu gostaria de ter essa disposição. Sim, pois ele vai fazer sessões de autógrafos em seis cidades diferentes! A sessão de autógrafos do Rio vai ser uma semana depois da final do IPM. Ainda bem. Já pensou se coincide? Ufa! Aliás, o CEM está recheado de celebridades. Acho que sou a pessoa mais normal que estuda lá.

Então, a Mari me chamou no chat.

Mari Furtado: Tenho uma coisa muito grave pra te falar.
Ingrid da Costa: Nossa, o que aconteceu?
Mari Furtado: Eu beijei o namorado da Aninha! Na boca!
Ingrid da Costa: Hein?????
Mari Furtado: Isso mesmo!
Ingrid da Costa: Vou te ligarrrrrrrrrr!!!

Fechei a porta do quarto para ter mais privacidade e liguei correndo para a Mari.

– Mari, criatura de Deus! Conta pra mim que história é essa!
– Ingrid, eu vou pro inferno! Já fui condenada!
– Quer parar de me enrolar e contar essa história logo?

– Então... A gente tava ensaiando a nova peça do curso de teatro. Eu vou interpretar o papel de uma garota boboca que é seduzida pelo gato de jaqueta de couro. O Igor, no caso. Só que vai ter beijo na peça! Duas vezes. Assim, é selinho, não é nenhum beeeeeijo cinematográfico, mas é beijo na boca!

– Ai, Mari, eu vou trocar de roupa pra ir até a sua casa te dar uns beliscões!

– O que é isso, Ingrid? Logo você que é toda *paz e amor* vai partir para a agressão física? – ela riu do outro lado da linha.

– Eu tinha entendido que você tinha traído a Aninha e o Lucas ao mesmo tempo. Que você e o Igor tinham ficado, sua doida! Foi só uma peça de teatro, poxa! Quer me matar do coração?

– Hahahaha! Claro, né? Ou você pensa que eu ia roubar namorado de amiga, fala sério!

– Se você quiser mesmo ser atriz, como tem dito desde o início, vai beijar vários atores em cena.

– Eu sei. Mas sabe como é... A primeira vez a gente nunca esquece! Você lembra da peça *Romeu e Julieta* no ano passado? Não tinha cenas mais ousadas, porque era peça de colégio e tal, e o único beijinho que rolou foi com o meu namorado. Então nem entra no currículo. Mas, sério mesmo, fiquei muito constrangida! Ai, meu Deus! Já pensou como vai ser na apresentação? O Lucas e a Aninha na plateia vendo seus respectivos namorados se beijando em cena?

– E o Igor? Ele também ficou envergonhado?

– Ficou! Mas ele é muito mais maduro que eu. Quando a gente foi escolhido para o papel e lemos a peça toda, o Igor me chamou num cantinho, no intervalo. Disse que talvez a gente ficasse sem jeito, já que somos amigos. Mas antes fazer uma cena dessas com um amigo do que com alguém sem a menor intimidade.

– Pensando por esse lado, ele até que tem razão...

– Aí ele disse que a gente tinha que levar tudo na esportiva, não esquentar com isso e tal... Mas quando ele me beijou pela primeira vez foi muito esquisito.

— Esquisito como?

— Como eu disse, ele é o gato de jaqueta de couro e eu, a boboca que ele tenta conquistar. Imagina a cena. Eu amedrontada, e ele me tomando violentamente nos braços e me beijando à força? No primeiro ensaio, eu tava mesmo morrendo de medo, nem precisei fingir muito.

— Ai, meu coração! — comecei a rir de nervoso imaginando tudo. — Conta mais!

— Sabe quantas vezes eu beijei o Igor só hoje? Três! Temos aulas três vezes por semana e a peça vai ser encenada no fim do ano. Faça as contas de quantas vezes vou ter que beijar o namorado da minha melhor amiga!

— Você já contou pra ela?

— Ainda não... Falei com você antes. Estou morrendo de medo de contar. Mas pensa junto comigo. Quem deve contar? Ele ou eu?

— Ihhh, agora você me pegou. Ele é o namorado da Aninha, mas você é amiga dela há mais tempo. Mas posso te perguntar uma coisa? Você vai me responder com toda a sinceridade?

— Pergunta, Ingrid.

— O que você sentiu quando o Igor te beijou?

— Já que você pediu sinceridade, eu vou falar. Na primeira vez, eu achei muito esquisito. Na segunda, tentei relaxar um pouco. Na terceira vez, eu gostei! Por isso eu disse que estou com uma cadeira reservada no inferno do lado do capeta.

— Você gostou? Então, agora a coisa ficou séria.

— Ingrid, eu não sou uma garota que fica paquerando todo mundo. Qual motivo então me faz ficar assim? Eu sou uma adolescente cheia de hormônios, essa é a grande conclusão a que consegui chegar. Ah, dane-se, vou falar tudo logo de uma vez! Voltando lá atrás, no início do ano... Quando eu estava fazendo o videoclipe com o Edu e tinha que parecer apaixonada por ele, fiquei hipnotizada. A Susana que me desculpe, mas o Eduardo é lindo demais! Ela tá tendo crises de ciúme das fãs, mas ele é mesmo deslumbrante. Fiquei me sentindo superculpada, mas depois passou. Hoje não foi só um simples fingimento por causa do teatro. Eu beijei mesmo o namorado de uma das minhas melhores amigas. E gostei! Não é que eu queira beijar o Igor quando o vir da próxima vez, nem nada disso. Estou enrolada até pra explicar... Eu me senti confortável. É isso! A palavra certa é essa. Dentro da minha cabeça passou o seguinte: Mari, já que beijar é inevitável, pelo menos o garoto é bonito. Os namorados das minhas amigas são bonitos, o que é que eu posso fazer? Fingir que sou cega?

– E a gente ainda fez aquela simpatia do Dia dos Namorados, lembra? Nós duas colocamos o nome do Caíque?

– Ai, é mesmo! Eu já fiquei de olho em todos os namorados das minhas amigas! Mas eu amo o Lucas. Não tenho dúvida quanto a isso. Então por que é que eu fico assim? Sou algum tipo de leviana, ou não mereço confiança? Eu tô pensando muito mal de mim mesma neste exato momento!

– Calma, Mari! – a situação era bastante complicada e eu não queria mesmo estar na pele dela. – Não acho que é errado você achar os garotos bonitos. Afinal de contas, eles são mesmo. Você só tem que prestar atenção no que vai sentir daqui pra frente. Se começar a se sentir ansiosa pelas cenas de beijo da peça... Aí você vai ter que parar e pensar no que vai fazer. Muita gente vai sair machucada com isso.

– Será que eu conto pra Aninha?

– Uma hora você vai ter que falar sobre isso. Até porque deixar que ela e o Lucas descubram sobre a cena do o beijo apenas no dia da apresentação vai ser pior. Mas espera um pouco. Você tá bastante confusa, se for falar com ela pode acabar dizendo coisas que iriam magoá-la. E pro Lucas, então? Piorou! Quando se sentir confiante que aquilo é natural e faz parte do seu trabalho como atriz, aí sim vai ter chegado a hora de falar.

– Acho que você tá certa – a Mari suspirou fundo. – Em que confusão eu fui me meter...

– Sei que é mais fácil falar do que fazer, mas tenta relaxar. Senão você pode até acabar se prejudicando no curso. Só acho que você tá tendo mais uma das suas reações exageradas e dramáticas. Como é o seu primeiro beijo cenográfico e ele aconteceu justamente com o Igor, acho que acabou dando um choque na sua cabeça.

– Valeu, amiga. Obrigada pelos conselhos! Boa noite! Vou tentar dormir pra ver se entra um pouco de juízo na minha cabeça.

– Boa noite, Mari. Durma bem!

Segredos, segredos, segredos! Eu tenho uma placa pendurada no pescoço, certo? "Podem contar os seus segredos mais obscuros." Eu não posso contar para ninguém que a agência é dos pais do Léo. Não posso contar que a avó da Susana é a nossa informante. Não posso dizer que a Mari ficou mexida com o beijo cenográfico do Igor. Não posso contar que finalmente a Aninha pode se tornar uma escritora. Não posso, não posso, não posso! Juro, se mais alguém me contar algum segredo, vou ter um treco!

Minha mãe abriu a porta.

– Já tá na hora de dormir, viu, mocinha? Esqueceu que tem aula amanhã cedo? Mesmo com a porta fechada estou só ouvindo o seu blá-blá-blá. Já tá muito tarde pra conversar. Será que arrumei uma filha fofoqueira?

Para tudo.

As pessoas confiam os seus segredos a mim, provavelmente achando que sou digna de confiança, que não vou sair espalhando pelos quatro ventos. Aí a minha mãe me chama de fofoqueira? Mas era só o que me faltava!

A princípio, fiquei com raiva da bronca. Mas quer saber de uma coisa? Caí na gargalhada. Como dizem por aí, rir é o melhor remédio.

15
Que semana!

A Susana faltou à aula mais uma vez. Contamos para a Mari sobre a novidade do comercial e ela vibrou. Mas, é claro, soltou sua tradicional piada:

– Huumm... mais uma concorrente pra mim? Eu perdoo só porque é ela e eu tô morrendo de saudades daquela varapau!

Na hora do intervalo, vimos o Anderson, irmão da Susana, entrar na sala da coordenação. Nós nos entreolhamos espantadas. Uns cinco minutos depois ele saiu. Não aguentamos de curiosidade e fomos lá para saber o que estava acontecendo.

– Eulália, desculpa a nossa intromissão, mas vimos o Anderson sair daqui agorinha mesmo – a Aninha foi a nossa porta-voz. – Aconteceu alguma coisa com a Susana?

– Não, meninas. Fiquem tranquilas – ela sorriu, mostrando um papel com a logomarca da CSJ Teen. – A Susana vai ter uma semana de atividades com o time e eles enviaram uma notificação, solicitando que as faltas sejam abonadas. Ela só retorna na segunda-feira. Conto com vocês para ajudá-la com as matérias.

– Claro que a gente vai ajudar, pode ter certeza! – falei, já puxando as meninas para fora da sala, antes que acabássemos falando demais, principalmente sobre a briga.

Quando voltamos para a classe, vi que tinha chegado uma mensagem do Léo no meu celular.

> A campanha, que seria feita no fim de semana, foi adiantada! E tem mais: vai ter fotos para uma revista teen! O comercial vai entrar no intervalo do IPM já no domingo! Acharam que seria o melhor horário, pois a audiência é do público-alvo.

Uau! Eles estavam mesmo com pressa. O negócio realmente vai bombar! Como será que todos vão reagir? Preciso guardar segredo sobre o Léo. Também preciso guardar segredo sobre a avó da Susana. Ai, meu Deus! É muito segredo para uma cabeça ruiva só!

Pensamos em tentar falar com a Susana. Mas depois achamos que a gente poderia deixá-la estressada e o que ela menos precisava era se aborrecer no meio da gravação do tal comercial. A dona Lourdes virou a nossa espiã oficial.

No domingo, dia de eliminação do IPM, fomos todos para a casa da Aninha. Até o primo dela foi! Achei engraçado ver o Igor e o Hugo no mesmo ambiente. A Aninha falou que a paixonite que teve pelo primo foi tudo confusão da cabeça dela. Mas mesmo assim foi divertido ver os dois conversando.

Naquele dia, o programa resolveu destacar um cantor que, até aquele momento, foi considerado um dos mais influentes na internet: Justin Timberlake! Nada mais justo, tendo em vista o tema do programa. Eu amei a escolha, sou fã do Justin! Ele é um charme e preenche o requisito de homens que sabem dançar. Cada candidato escolheu uma música dele para ensaiar durante a semana. O Edu, pela primeira vez, não estava com o violão. Ele se posicionou e, antes de a banda do IPM começar a tocar, disse: "Susana, essa é pra você".

As meninas e eu surtamos! Como eu queria ter visto a cara da Susana naquele momento!

Para nosso espanto, o Edu estava completamente à vontade cantando em inglês. Se em português já deve ser fácil esquecer a letra por causa do nervosismo, imagine em outro idioma!

A música que ele escolheu foi "Mirrors". Eu já tinha visto o clipe na internet. A música é longa, ultrapassava o tempo de cada candidato, então ele precisou fazer uma adaptação. Em um determinado trecho, ele segurou a plaquinha do cordão. A tradução desse trecho é mais ou menos assim:

Eu não poderia ficar maior
Com nenhuma outra pessoa ao meu lado
E agora está claro como esta promessa
Que estamos fazendo
Dois reflexos em um
Porque é como se você fosse o meu espelho
Meu espelho olhando de volta para mim
Olhando de volta para mim

Não aguentei mais segurar e chorei. Meu Deus, aquilo tinha sido perfeito demais! Sem querer, o Edu deu uma baita resposta para toda a confusão que se instalou por causa da fofoqueira da Loreta Vargas. Como ele poderia adivinhar? Ele não faz nem ideia do que está acontecendo aqui fora. Mais um item para o *hall das coincidências*: falar da Susana exatamente no dia em que o comercial dela vai passar na tevê? Quando ele terminou de cantar, os instrutores aplaudiram de pé. Falaram que a apresentação tinha sido perfeita e a melhor dele até o momento. Pausa para os comerciais.

O Lucas, que acompanhava tudo pela internet, deu um grito.

– Gente, vocês não estão entendendo! Sabem quantas pessoas passaram a seguir o perfil do fã-clube só no último minuto? Quase trezentas! Vou repetir: no último minuto!

– Essa apresentação bombou! – a Aninha dava pulinhos. – Se o Edu não ganhar essa competição, vai ser a maior injustiça do mundo.

Dessa vez, quem gritou foi a Mari.

— O comercial da Susana!

Silêncio. Todo mundo ficou mudo e parou o que estava fazendo para olhar para a televisão. A Susana aparecia numa sala de aula que não era do CEM. Provavelmente simularam uma escola e todos os alunos ali eram figurantes. Ela estava de calça jeans e camiseta branca. Parecia estar fazendo uma prova. Sorriu para o papel como se tivesse gabaritado. Abriu a mochila e, quando ela guardou o estojo, o desodorante apareceu dentro. Ela se levantou e entregou a prova para o professor. Deu uma olhada no relógio e saiu depressa da sala de aula. Na sequência ela aparecia com o uniforme da CSJ Teen, treinando, dando uma cortada por cima da rede. E, de novo, saiu correndo da quadra, olhando as horas. Depois apareceu no banheiro, colocou aquele mesmo frasco do desodorante em cima da pia, ao lado dos frascos de xampu e condicionador. Então, penteou rapidamente os cabelos, dando a ideia de que estavam bem desembaraçados, fáceis de pentear. Ela colocou os brincos e a campainha tocou. Então, sorriu para o espelho e foi atender a porta. Quando ela abriu, apareceu um perfil masculino, mas sem mostrar o rosto. Ele tinha flores nas mãos e, quando ela pegou o arranjo, apareceu um cordão igualzinho ao do Edu no modelo, por fora da camisa. Ela cheirou as flores, levantou o olhar para o garoto e sorriu, fazendo cara de apaixonada. E o comercial terminou com a seguinte frase, com locução feminina: "CSJ Teen Speed Run. Para toda garota que corre atrás do que quer".

Começamos a gritar, aplaudir, tudo de uma vez! A confusão que fizemos foi tamanha que os pais da Aninha apareceram. Eles preferiram acompanhar tudo do quarto, já que a sala estava lotada. A mãe da Aninha ria sem parar da gente. Porque uma hora todo mundo gritava e na outra as meninas caíam no choro.

— Adorei que o modelo se passou pelo Edu, mesmo sem aparecer — o Caíque falou, enquanto comia biscoitos de um dos potes espalhados pela sala. — Quem é esperto vai entender.

— A Susana sambou na cara da sociedade! — a Mari pulava e sambava ao mesmo tempo. — Bem-feito invejosas! *Likers gonna like! Haters gonna hate!*

– Exato! – a Aninha concordou. – Quem gosta da Susana, como a gente, adorou! Mas quem implica vai arrumar mais motivos por pura inveja.

– Gente, vamos tentar falar com ela? – sugeri. – Não podemos deixar isso passar em branco assim! Já vai fazer uma semana desde a briga...

– Eu tive uma ideia! – a Mari estalou os dedos. – E se a gente imitasse o comercial?

– Não entendi... Tá todo mundo meio vencido aqui? – o Hugo levantou o braço para checar o próprio desodorante, arrancando risadas de todos.

– Não, Hugo! Relaxa, você é cheirosinho. Com todo o respeito... – a Mari fez uma careta e olhou para o Lucas. – Que tal se a gente comprasse um arranjo de flores parecido com o do comercial e fosse até a casa dela entregar?

– É uma ideia muito boa... – o Lucas concordou. – Acho que pode dar certo.

– Claro que vai dar certo! A minha ideia é genial! – a Mari fez pose de metida.

– Vou chamar a minha vó – a Aninha saiu dando pulinhos.

A Aninha pediu para a avó checar com a dona Lourdes se a Susana estaria em casa. Ela achou divertido bancar a detetive, já que seria por uma boa causa. Enquanto a gente esperava a avó da Susana retornar, checamos o resultado do IPM: a Mariah tinha sido eliminada.

– Meninos e meninas! – a avó da Aninha entrou na sala. – Podem ir até a casa da Susana. A Lourdes garantiu que ela não vai sair. E tem mais! Ela ligou para a portaria do prédio da Susana para avisar que quando a Mari, a Ana Paula e a Ingrid chegarem, podem subir direto. Assim, quando a Susana abrir a porta, vai dar de cara com as três.

– Obrigada, vó! – a Aninha deu um beijo nela.

– Ai, que fofas essas avós detetives! – não aguentei e a beijei também.

– Muito bem, eu me empolguei com a minha ideia, todo mundo se empolgou também, mas tem só um probleminha: o dinheiro das flores!

Todo mundo de uma vez só começou a revirar bolsos, carteiras, bolsas. Foi muito engraçado! A Mari pegou um pratinho e começou a recolher as notas e as moedas. Até que o pai da Aninha se meteu.

– Vocês vão até a floricultura com isso assim? Somem tudo que eu troco por nota. Até parece que roubaram a igreja depois da missa de domingo – ele balançou a cabeça negativamente para rir em seguida.

Fomos fazendo a maior farra pela rua. Estávamos tão contentes que nem ligamos quando algumas pessoas nos olharam meio de cara torta por causa do nosso falatório. Para a nossa sorte, o atendente da floricultura se contagiou com nosso humor e fez o arranjo do jeitinho que a gente pediu. Foi só quando chegamos à portaria do prédio da Susana que bateu um medinho.

– Meninas... Subam vocês, nós vamos esperar aqui – o Igor sugeriu. – Esse é um momento só de vocês. Boa sorte. Mandem mensagem assim que estiver tudo certo.

Quando entramos, o porteiro só interfonou avisando que entregariam flores para a Susana. Estávamos tão nervosas que não falamos uma única palavra no elevador. Tocamos a campainha. A Susana, sorridente, abriu a porta. Quando nos viu ficou surpresa, de olhos arregalados, encarando a gente. Continuamos mudas, segurando as flores. Até que a Mari não aguentou e falou por nós três.

– Susana... No comercial, o suposto Edu te entregou flores parecidas como essas pra demonstrar seu amor. Nós amamos você também. Temos certeza de que o Edu de verdade gostaria de estar aqui pra te dar os parabéns. Se não quiser receber a gente, tudo bem. Mas, por favor, fique com as flores.

A Susana levou as duas mãos ao rosto e começou a chorar. Ela, tão alta, tão atlética, de repente pareceu uma menininha indefesa. Não conseguimos resistir e a abraçamos bem forte. Ela ficou lá, esmagada no meio da gente, em prantos. E, claro, logo nós quatro estávamos chorando no meio do corredor.

– Entrem, meninas... – uma voz doce, vinda do hall, nos interrompeu. Era a avó da Susana. – Fiquem na sala à vontade, vocês precisam conversar.

– Obrigada, dona Lourdes – eu falei, enquanto ela fechava a porta.

A Susana se largou no sofá e nós nos sentamos ao redor dela.

– Me desculpa, gente! – ela finalmente conseguiu falar. – Como eu fui grossa! Totalmente estúpida! Principalmente com você, Mari.

– Eu já esqueci – a Mari fungou. – Eu não aguentava mais ficar longe de você, girafa!

– E eu de você, sua maluca! – ela riu. – De todas vocês, meninas.

– Me deixa colocar essas flores num vaso, me dê aqui, minha neta. – disse a dona Lourdes.

– Eu não sabia que você viria aqui hoje, vovó.

– Eu não ia vir. Mas, como as minhas amigas vieram, decidi aparecer também.

– Suas amigas? – a Susana repetiu, com uma cara confusa.

Começamos a rir.

– Na verdade, nós nunca ficamos separadas de você, Susana... – a Aninha apertou a mão dela. – Não briga com a dona Lourdes, mas ela nos dava notícias suas.

– Você sumiu da escola uma semana, logo depois da briga! – a Mari segurou sua outra mão. – Não somos amigas desnaturadas. Nunca fomos! Ficamos preocupadas com você.

— Apenas respeitamos o momento pelo qual você estava passando. De longe. Mas hoje foi além das nossas forças! – uma lágrima ainda teimava em cair enquanto eu falava. – Você não faz ideia de como ficamos felizes com tudo o que aconteceu.

— Já falei pra elas e repito pra você... Eu vou perdoar você por ter virado minha concorrente no show business. Você eu deixo – a Mari fez careta. – Falando sério agora... Mil desculpas! Pensei que o velho bordão "Não se irrita, Maria Rita" tinha ficado no passado. Mas, pelo visto, ainda preciso, e muito, controlar esse meu lado irritadinho. Não tive a menor sensibilidade pra perceber o quanto você tava chateada com toda aquela fofoca e levei tudo para o lado pessoal. Eu fui muito grossa! Não podia ter dito nada daquilo. Eu estou muito arrependida e fiquei muito mal pensando que pudesse perder sua amizade pra sempre. Eu perdoo o que você me disse; estou perdoada também?

— Claro que sim, Mari! – as duas se abraçaram. – Que loucura, gente! – ela chorava e ria ao mesmo tempo. – Que semana! Como tô feliz por vocês terem vindo me ver. Foi muito solitário ver o programa e o comercial só com a minha mãe e com o Anderson. Meu pai, para variar, está voando por aí.

— Vamos fazer o seguinte? – a Mari fez cara séria. – Da próxima vez que você se estressar, me dá um soco na cara. Dói menos.

— Palhaça! – a Susana simulou dar um soco no ar. – Meninas, eu nunca tive pretensões artísticas, mas fiquei tão feliz com o convite! Estava lá, tranquila, dando o meu melhor para o time e nunca pensei que alguém pudesse estar me observando pra fazer um comercial. Com tantas garotas no time, por que será que eu fui a escolhida?

— Porque é linda e, muito antes de entrar para o time, você já era cliente da CSJ Teen! Uma recompensa por tanta dedicação – a Aninha a abraçou. – E agora as garotas do Brasil inteiro estão roxas de inveja. Você é a garota-propaganda da maior marca de cosméticos para adolescentes e, de quebra, ainda namora o cantor pop mais gato de todos!

— Já sei! – a Mari fez uma cara engraçada, pra variar. – Como ela gosta tanto de cordões, vamos comprar um com figa, pimenta, trevo de quatro folhas, olho grego e tudo o que tem direito pra espantar o olho grande desse povo todo? Ah, peraí! Isso me lembra uma coisa: você foi mesmo muito esperta pedindo pra colocarem o mesmo tipo de cordão no modelo do comercial.

– Eu não pedi! – ela riu. – Foi a maior coincidência! Quando ele apareceu usando o mesmo tipo de cordão eu tive um ataque de riso e ninguém entendeu nada. Disfarcei, claro, senão iam pensar que eu era doida. Mas o figurino foi escolhido pela produção, vai ver tá na moda mesmo.

– É... deve tá mesmo... – concordei, já imaginando quem teria sido o autor da "coincidência" do cordão.

– Nossa, os meninos estão lá embaixo, coitados! – a Aninha lembrou. – Vamos descer? A gente aproveita e toma um sorvete, que tal?

Pegamos o elevador e eu não conseguia parar de pensar no Léo. Ele tinha razão! O fato de ter sido escolhida para o comercial fez toda a diferença. E se ela descobrir? Será que vai se sentir traída? Por que uma coisa é ser naturalmente escolhida para o comercial, outra bem diferente é ter o filho da dona da agência secretamente apaixonado por ela. E eu bem no meio dessa confusão toda! Seja o que Deus quiser...

16
Estamos preparadas?

A gente tomou sorvete, mas logo os meninos disseram que iam para a casa do Igor assistir ao jogo de futebol. Então, como ainda era cedo, voltamos para a casa da Susana. Entramos no quarto e ela fechou a porta para ficarmos à vontade.

– Vamos ver como o pessoal reagiu ao comercial? – a Mari estava curiosa. – A gente saiu logo em seguida, nem vimos como foi.

A CSJ Teen já tinha colocado o comercial na conta deles do YouTube. E nas redes sociais o vídeo já tinha sido compartilhado por vários perfis, em pouquíssimo tempo. E o assunto principal era: "Vejam quem é a namorada do Eduardo Souto Maior!"

Como a Mari tinha brincado horas antes, *lovers gonna love, haters gonna hate*. Os comentários foram variados:

"Gente, como ela é bonita! E eu descobri que ela é atleta desse time de verdade. O comercial ficou o máximo!"

"Vou comprar todos os produtos Speed Run amanhã! Quem sabe o Eduardo não se apaixona por mim também? Ou corro o risco de conseguir um *popstar* só meu?"

"Eu sei quem ela é. Estuda lá no CEM, em Botafogo. Parece um poste de tão alta. Os dois se conheceram lá, formam um casal bonito."

"Isso é que é forçar a barra! Vai ver a CSJ Teen fez o comercial com ela para acabar com as fofocas da Loreta Vargas."

"Ela mandou colocarem um cordão igual ao do namorado no comercial. Que ridícula! Só para as fãzinhas pararem de cobiçar o Eduardo. Me poupe!"

"Tem uma BFF dela, a tal da Maria Rita, que já fez dois comerciais. Outra amiguinha do grupo fazendo comercial para a televisão? Aí tem! Assim fica fácil. Também quero ter esse QI – Quem Indica!"

– Uau, que poder eu tenho, hein? A própria rainha da cocada preta! – a Mari riu alto apontando para a tela do computador. – Tô adiando a compra da minha cobertura na Barra por pura preguiça, de tanto dinheiro que eu ganhei. Só que não.

– As pessoas falam mais do que sabem, é impressionante! – a Aninha balançou a cabeça em desagrado. – Mas vamos pensar pelo lado positivo. A quantidade de comentários favoráveis é bem maior.

– Verdade, Susana... – eu falei. – Tem muito mais gente curtindo do que falando mal. E pra falar mal, infelizmente sempre vai ter um. Você não vai se deixar abalar com isso, vai?

– Querem saber? Não mesmo! E querem saber o que mais? Vou postar no meu perfil agorinha. Eu adorei fazer o comercial, tô orgulhosa, já que nem atriz profissional eu sou, e se a CSJ Teen quis assim eu tenho mais é que ficar feliz.

– Isso mesmo! – a Mari vibrou. – Uhuuuu!

A Susana resolveu reativar seu perfil e voltou com a mesma configuração de antes da confusão. Quando ela postou o link e atualizou as informações dos seus amigos, apareceu no histórico um anúncio de um filme que tinha acabado de estrear. O ator era lindo e, claro, uma história de amor que eu estava louquinha para ver.

– Vamos ver juntas essa semana, meninas? – sugeri. – Todo mundo tá falando que *Corações partidos* tem umas cenas quentes. Fiquei curiosa.

Olhamos para a Aninha e ela ficou vermelha feito tomate.

– Meninas, preciso confessar umas coisas pra vocês – ela fez uma cara muito suspeita. – Eu fui ao cinema com o Igor ver esse filme e posso garantir que as cenas são realmente quentes!

– Aninha! – a Mari zombou. – Sua nerd assanhadinha.

– Ai, se é pra vocês ficarem rindo da minha cara eu não vou contar.

– Mari, fica quieta! – dei um peteleco de leve nela. – Já tô começando a ter coceiras de curiosidade.

– Bom... Eu e o Igor resolvemos ir ao cinema na sexta, logo depois que terminou a aula de teatro. Apesar de eu ter aula de inglês no sábado, minha mãe acabou deixando, porque eu prometi que não voltaria tarde. Morar quase do lado do shopping tem as suas vantagens.

– Quer parar de encher linguiça e ir direto ao ponto? – a Mari provocou.

– Shhhh! – foi a vez da Susana. – Fica quieta, Mari.

– Voltando... – a Aninha riu. – Não tínhamos combinado de ver nenhum filme específico. A gente já tinha assistido tudo o que estava em cartaz, menos esse. Apesar de não ser muito o estilo dele, compramos os ingressos. Pensei que era mais um filme romântico e, como não era proibido para menores, nem passou pela minha cabeça que teria cenas como aquelas. Não são cenas de sexo mesmo, ninguém fica nu nem nada, mas os amassos são de tirar o fôlego! – ela se abanou com as mãos.

– Jura, Aninha? – fiquei mais curiosa ainda. – E aí? Você ficou com vergonha de estar vendo tudo aquilo com o Igor?

– Fiquei... – ela continuava corada. – Afinal de contas, estamos namorando faz pouco tempo. Claro que já nos beijamos durante um filme. Qual casal de namorados nunca fez isso? Mas o problema é que eu e ele acabamos nos inspirando e demos uns baita amassos no escurinho do cinema!

– Gente, tô até ficando com calor com essa história! – a Mari se abanou também.

– Já que eu comecei, vou falar tudo de uma vez – ela colocou as mãos no rosto, deu aquela tossidinha básica de quem está nervosa e continuou. – O que eu sinto pelo Igor é muito diferente do que senti pelo Guiga. Às vezes eu converso com ele e nem consigo ouvir direito o que ele tá falando. Eu fico hipnotizada por aquela boca. Ele tem aquele rostinho lindo e só o que eu penso é encher cada centímetro de beijos. E aquele cabelo? Se eu fico um único dia sem enfiar as mãos naquele cabelo eu fico louca. E naquele dia no cinema, os beijos e os abraços foram tão intensos que eu mal conseguia respirar.

– Você tá pensando em transar com o Igor, Aninha? – perguntei na lata.

– Transar? Não... Eu ainda acho muito cedo. Mas não vou mentir pra vocês que pensamentos bem insistentes têm passado pela minha cabeça. Eu penso no Igor o tempo inteiro desde aquela bendita sessão de cinema. Peraí, corrigindo. Eu penso nele o tempo todo desde quando a gente se conheceu! Mas, depois da sessão de amassos no cinema, tá bastante complicado controlar meus pensamentos!

– Aninha, eu namoro o Lucas faz um tempo já... – a Mari ficou séria pela primeira vez. – Não vou te enganar, esses pensamentos também já passaram pela minha cabeça. Como qualquer casal, já tivemos nossas sessões de amassos de tirar o fôlego. E até já conversamos sobre isso. A gente quase teve a nossa primeira experiência. Um dia a gente acabou ficando sozinho e o clima esquentou. Na hora H, vimos que éramos dois patetas e não sabíamos de nada sobre métodos anticoncepcionais ou camisinhas. Assuntos como doenças sexualmente transmissíveis nem passaram pela nossa cabeça... Eu ainda vou à ginecologista com a minha mãe, ela faz questão de me acompanhar. Imagina se eu peço um anticoncepcional na frente dela? Acho que a minha mãe ia ter um treco. Para os nossos pais nós seremos eternas crianças. Mas já somos adolescentes há algum tempo, né? Curiosidades sobre esse assunto são mais do que naturais, ainda mais quando se começa a namorar. Se eu estivesse a fim de verdade, eu ia tentar me consultar sozinha de qualquer jeito e tirar todas as dúvidas. Mas preferimos esperar um pouco até termos um pouco mais de maturidade.

– A Mari tem razão. Se não sabe direito o que vai fazer, é melhor esperar. Infelizmente, ainda vemos muitos casos de gravidez na adolescência – falei. – Mas esse papo todo me fez ficar preocupada.

– Por que, Ingrid? – a Aninha perguntou.

– Vocês aí contando cenas *calientes* com os namorados e, pra falar a verdade, eu ainda não tenho histórias dessas pra contar. E nós vamos completar um ano de namoro! O Caíque nunca, digamos assim, avançou o sinal. Será que ele não sente atração por mim? Será que eu não sou atraente?

– Que nada, Ingrid! – a Susana discordou. – O Caíque te adora e você é linda! Quer mais prova de amor do que esses bilhetinhos que vocês estão trocando? Mas cada casal tem um tempo... O Edu e eu nunca conversamos abertamente sobre isso, apesar das várias tentativas de avanço de sinal. Como a Mari tem mais tempo de namoro, de repente o papo surgiu naturalmente.

– E o Igor, Aninha? – eu quis saber. – Você disse que ficou empolgada com assunto... Notou se o Igor também ficou?

– Ele sempre tá empolgado! Desde o início do namoro! – ela riu.

– Jura? – caímos na risada. – Que garoto assanhadinho.

– Mas eu sempre meio que me esquivei, sabe? Quando ele vinha com uns carinhos mais ousados eu sempre empurrava a mão dele, me afastava delicadamente. Só que agora ando sem forças pra afastar...

– Aninha! – a Susana riu alto. – Será que você vai ser a primeira de nós a perder a virgindade?

– Não sei... – ela fez uma cara apreensiva. – Não sei se eu quero que aconteça agora. Tô só contando coisas que estão acontecendo. Assim como a Mari, eu ainda preciso entender melhor certas coisas.

– Logo você, que é toda nerd? – a Mari alfinetou.

– Posso até ler um monte de coisas, né, Mari? – ela fez careta. – Mas isso não quer dizer que eu saiba tudo sobre todos os assuntos. E esse é um assunto novo pra mim. Quer dizer, todo mundo tem as suas curiosidades. Quem nunca leu as colunas de sexo das revistas femininas? Até nas de adolescentes a gente encontra essas colunas, para as quais as leitoras mandam dúvidas. Uma coisa é ter curiosidade, outra bem diferente é querer pôr em prática.

– As meninas do time comentam... Algumas já transaram e falam abertamente quando estamos no vestiário. Segunda-feira, então... vixe! Tem duas lá que disputam quem conta mais historinhas.

– Posso fazer um comentário? – a Mari voltou a fazer a sua tradicional cara de deboche. – Pra que ficar contando as aventuras assim? Eu, hein? Querendo contar vantagem em cima das outras?

– Não sei se elas ficam contando vantagem, Mari – a Susana deu de ombros. – Vai ver que é natural pra elas falarem sobre isso. Mas eu realmente não vejo qual a necessidade de ficar expondo a vida íntima desse jeito.

– Meninas, com todo esse papo, vocês não perceberam uma coisa maravilhosa? – a Aninha abriu um tremendo sorrisão.

– O que, loira sexy e fatal? – a Mari perguntou, jogando uma almofada nela.

– Que depois de praticamente uma semana separadas, estamos aqui, as quatro, juntinhas! Até bem pouco tempo atrás a gente falava do primeiro beijo e do primeiro namorado. Agora estamos aqui debatendo a maturidade para a primeira vez. Estamos crescendo juntas! Como eu estava sentindo falta disso! Das quatro reunidas, compartilhando as nossas aventuras e descobertas.

– E eu, Aninha? – a Susana suspirou. – Como eu senti falta de vocês! Por favor, gente, não vamos mais brigar! Foi horrível ficar longe de vocês.

– As MAIS estão de volta! – estendi a mão para que elas batessem.

– AS MAIS ESTÃO DE VOLTA! – gritamos e nos demos um imenso abraço coletivo.

***

Eu estava muito feliz quando cheguei em casa, depois de toda a agitação do dia. Sabe uma sensação de total alívio? Eu estava com o coração leve. Minha mãe notou algo logo quando cheguei e veio falar comigo. Contei tudo o que tinha acontecido.

– Que bom, filha! – ela vibrou. – Essa notícia é ótima. Nada como fazer as pazes com quem a gente gosta, não é mesmo?

– É muito bom, mãe. Enfim essa nuvem negra foi embora.

– Já que o assunto é fazer as pazes, acho que você vai gostar de saber.

– Saber o quê?

– Eu estou em paz com a história do seu irmão. Eu parei de tentar entender e resolvi simplesmente aceitar. Claro que não foi fácil. Mas ver como você ficou feliz só fez com que eu aceitasse e concordasse. Vocês não são culpados pelos nossos erros. E quando percebi que estava em paz, senti isso que você falou. Como se uma nuvem negra tivesse ido embora.

– Ah, mãe! – eu a abracei com o coração aos pulos. – Você não faz ideia do quanto fico feliz com isso. Eu queria muito me aproximar do Léo, estamos nos conhecendo melhor a cada dia. Mas eu ainda sentia uma pontinha de culpa, por esse assunto estar te deixando triste.

– E como é a sensação de ter um irmão?

– Nossa, é muito boa! Ele é um pouco mais velho, então tem um monte de coisas pra me ensinar, sabe? Ele é todo grandão, do jeito dele, mas tem um coração sensível e adora bancar o protetor.

– O Carlinhos vai ao aniversário da Jéssica?

– Ir a um rodízio de pizza não seria muito legal pra ele, porque ele ainda tem algumas restrições alimentares. Mas eu vou combinar um passeio com eles pra compensar. Os horários do Léo e da Jéssica não estão batendo muito, mas eu vou dar o meu jeito.

– Que bom, faça isso! – ela se levantou e beijou os meus cabelos.

– Antes de você ir embora, preciso falar mais uma coisa...

– Pode falar.

– Quero te agradecer por ter conversado comigo sobre o meu pai. Você estava aflita e compartilhou comigo. Apesar de a história ser complicada, você acreditou que eu tinha maturidade suficiente pra entender. Com isso, eu aprendi um sentimento novo. Aprendi que posso abrir espaço para novas pessoas na minha vida e que posso amá-las. Eu não tive a oportunidade de amar o meu pai enquanto ele era vivo, mas agora posso descobrir o amor pelo meu irmão mais velho.

– Você existe mesmo, filha? – os olhos dela ficaram cheios de lágrimas. – Eu também aprendi com você, Ingrid. Sua generosidade está me ensinando a amar essa nova família que surgiu. Pensa que só os pais ensinam coisas para os filhos? É sempre bom aprender com você também.

Nós nos demos um abraço bem forte. Caminhei na ponta dos pés até o quarto da Jéssica e beijei minha irmã, que dormia agarrada a um cachorrinho de pelúcia. Depois passei pela sala e dei um beijo no Sidney. Ele fez uma carinha engraçada por causa carinho inesperado e me deu boa-noite.

17
Muitas comemorações

No dia seguinte, nós fizemos questão de entrar juntas no CEM. Já que era para fofocarem sobre o nosso grupo, que fosse uma fofoca bem completa. Claro que atraímos a atenção de quase todos que estavam no pátio, ainda mais com a Susana, nova estrela de comercial de televisão, retornando depois de uma semana fora.

Antes de a aula começar, o Caíque veio me mostrar escondido o celular dele, já que dentro de sala de aula isso é expressamente proibido. Era uma nota na coluna da Loreta Vargas que tinham compartilhado na página do fã-clube:

"Eu já disse! Sou Loreta, não sou lorota. Eu quase nunca faço isso, mas preciso pedir desculpas para a Susana, namorada do Edu, concorrente mais gato do *Internet Pop Music*. O que foi aquele comercial da CSJ Teen ontem, hein? Arrasou! É meninas, a concorrência é forte. Podem tirar o cavalinho de vocês da chuva, senão o pobre bichinho vai ficar resfriado."

É, acho que um ponto-final foi colocado nessa fofocada toda!

E a semana finalmente voltou aos eixos! Tudo na sua mais perfeita normalidade. Quando digo normalidade, quero dizer que eram aulas infinitas, toneladas de coisas para estudar, aulas de jazz, trabalho na ONG e, na sexta à tarde, a tão esperada sessão de cinema: a estreia de *Coelhos alienígenas 2*.

Pra variar, a Jéssica estava eufórica! Quis ir à estreia na sexta, já que no sábado seria o rodízio de pizza de aniversário. E lá fomos nós: eu com a Jéssica e o Caíque com o Caio. Tudo de novo, um ano depois. Mas a grande diferença é que da outra vez eu estava pensando no que daria aquilo tudo. Seria a primeira vez que eu iria sair com o Caíque, a expectativa era enorme. E um ano depois aquilo era uma das coisas mais naturais para mim! Um pequeno pedaço de um mundo perfeito. Até aproveitei mais o filme e os coelhos estavam ainda mais malucos. Depois, hambúrguer com batata frita e bonecos de coelho de brinde. Ah, sim, mais uma diferença: o Caio, um ano mais velho e com a boca ainda maior, proporcionou um show à parte. Lembra aquele ritual de colocar as batatas dentro do sanduíche? Pois é... Ele não só fez questão de repetir a façanha como pediu para a Jéssica filmar com o celular.

Aquele seria um fim de semana dedicado ao aniversário da minha irmã. No sábado, ajudei a minha mãe a tomar conta de quinze crianças! Coitados dos garçons! Aposto que foi o momento de maior trabalho para eles. Era um rodízio com uma infinidade de sabores. Mas as crianças só queriam saber de pizza de calabresa! Momento tenso: a hora da guerra de ketchup. Posso falar a verdade? Eu me diverti horrores! A criançada só sossegou quando serviram as pizzas doces. Sossegaram em parte: "Moço, eu quero pizza de chocolate com confete! Mas sem os verdes, por favor!"

Cheguei em casa arrasada de cansaço. Mas não tão cansada que não pudesse atender meu namorado fofo quando o telefone tocou.

– Se você tá pensando que o seu fim de semana já terminou, pode esquecer. A senhorita tem um compromisso comigo amanhã. Depois da apresentação do Edu no IPM, vamos comemorar o nosso primeiro aniversário de namoro.

– Ai, meu Deus, nem acredito! O que vamos fazer?

– Curiosa! Deixa comigo.

– Eu adoro surpresas!

E o domingo amanheceu lindo! Parecia até que a natureza sabia que eu precisava de um dia perfeito para comemorar meu aniversário de namoro com o Caíque. Eu estava ansiosa para saber qual seria a tal surpresa que ele tinha para mim.

A única coisa que não deu para fazer foi ir até a casa do Lucas assistir à semifinal do IPM. Teve almoço de família em casa e eu não podia deixar a minha mãe na mão, senão ela teria de cuidar de tudo sozinha. Depois que eu a ajudei a lavar a louça, tomei um banho rápido e, enquanto o cabelo secava, assisti ao programa. A eliminada dessa vez foi a Brenda! Eu sou uma menina má se disser que adorei que ela foi eliminada? Na final estariam o Edu e o Raphael, e teria auditório! Que máximo!

Pelo menos uma parte da surpresa o Caíque tinha me contado. Iríamos ver o pôr do sol no Arpoador. Então, eu coloquei uma bermuda, apesar de preferir um vestidinho. Não ia me arriscar ser vítima do vento e pagar um mico. Antes, eu passei na casa dele para levar meu presente. Comprei para ele uma dessas típicas camisetas de lojas de surfistas. E ele ficou encantado! Agora, uma coisa que eu gostaria de entender: o que fascina tanto os garotos para vestir camiseta de surfista se eles não surfam, como é o caso do Caíque? Ele gostou tanto que até trocou a que estava usando pelo presente.

– Agora é o seu! – ele disse todo animado.

Era uma caixinha azul, com a etiqueta da minha loja de produtos esotéricos preferida! Quando abri, era uma pulseira toda delicada com um pingente de olho de Hórus.

– Por sua causa, eu tive que pesquisar o Egito Antigo. Bom, segundo a vendedora, o pingente simboliza poder e proteção – ele falava enquanto colocava a pulseira no meu pulso. – A vendedora disse também que usam isso contra inveja e mau-olhado, então várias pessoas tatuam essa imagem.

– Que fofo! – eu o beijei. – Logo você que não entende nada de esoterismo foi pesquisar um presente desses pra mim? Amei!

– Mas ainda não acabou, tem mais.

– Nosso passeio na praia, certo?

– Não será apenas um passeio na praia ... – falou todo misterioso.

Muitas comemorações

Pra variar, o Arpoador estava lotado. Para mim, esse lugar é mágico! Vou com frequência, mas parece que é sempre a primeira vez. Sentamos no mesmo lugar de um ano atrás e o Caíque me mostrou o celular.

– A sua surpresa tá aqui.

– Não entendi, amor... Você vai me dar seu celular? – eu ri.

– Até gostaria de te dar um celular de presente, mas infelizmente eu ainda não posso. Minha mesada não permite, e eu não tenho salário – ele riu. – Aqui tem um vídeo que resume todo o nosso ano. Claro que o Lucas me deu uma ajudinha, afinal ele é o cineasta da turma e confesso que sou uma bela porcaria nisso! – tive que rir da falta de habilidade do meu lindo. – Eu escolhi a música, a letra tem tudo a ver com a nossa história. Eu queria uma música que falasse sobre o pôr do sol, mas não achei a letra que queria. Essa do Jota Quest até que foi uma boa opção. Mas não são eles que estão cantando essa versão.

Eu mal conseguia respirar de ansiedade. Ele pegou os fones de ouvido, conectou no celular e cada um ficou com uma parte para poder ouvir a música. Quando ele finalmente executou o vídeo, reconheci a música "O sol", do Jota Quest. Realmente, não era o Rogério Flausino quem estava cantando, mas o Edu! No vídeo ele estava bem ali onde estávamos sentados, tocando violão. Mas ele apareceu só por uns vinte segundos. A música cantada por ele continuou, mas a imagem foi substituída por vídeos e fotos minhas e do Caíque. Claro que eu chorei. Cada foto que passava me trazia uma lembrança linda. E uma coisa que me assustou: foi só aí que percebi as nossas mudanças. Físicas mesmo. O vídeo mostrava as fotos e vídeos em ordem cronológica e fui vendo mudanças sutis na gente. Passamos por várias situações lindas e românticas, mas também amadurecemos juntos.

– Ficou tão brega que fiz você chorar, não foi? – ele lamentou e riu da minha cara ao mesmo tempo.

– Ah, para com isso, Caíque! – falei com voz de choro. – Ficou lindo! Então quer dizer que tudo o que vivemos no último ano foi brega?

– Claro que não! – ele continuava rindo da minha cara. Mas não era um riso de deboche, era um riso que dizia "ela é mesmo uma manteiga derretida".

– E você já tava planejando isso faz tempo! – de repente me deu um estalo. – Quando foi que vocês filmaram o Edu cantando aqui?

– Uma semana antes do confinamento. Tive que aproveitar, né? Depois que ele sair do IPM, o cachê dele vai ser muito alto pra minha mesada.

– Seu bobo!

Paramos para contemplar aquele festival de cores do Arpoador. Muita gente ficou olhando o sol "mergulhando" no mar, até que ele desapareceu. Algumas pessoas aplaudiram. Sempre achei engraçado tanta gente reunida para aplaudir um pôr do sol. Mas era mesmo um espetáculo.

Estar ali abraçada com o Caíque me transmitia paz, segurança... E então me lembrei da minha implicância inicial com o novo perfil dele na internet, especialmente tendo a ex dele por lá. De repente tudo perdeu o sentido. Ficar preocupada por quê? Acho que o Caíque já tinha demonstrado inúmeras vezes o quanto o nosso namoro é importante pra gente. Como nos dá alegria e nos faz bem. Olhei para ele e o vento bagunçando seus cabelos dava um charme ainda mais especial. Meu príncipe. Eu tive muita sorte ao namorar o garoto dos meus sonhos. E mais sorte ainda ao ver que um ano depois a realidade é muito melhor do que o sonho...

18
Emoções à flor da pele

Era a primeira vez que estávamos num estúdio de televisão. Menos para o Igor, que já tinha feito algumas pequenas participações. A curiosidade era tanta que eu nem tinha conseguido dormir direito. Como fazíamos parte do fã-clube oficial do Edu, um ônibus foi buscar a gente. Uauuuu! O ponto de encontro foi em frente ao CEM, uma vez que praticamente todo mundo já sabe que ele é aluno de lá.

Cada candidato teve direito a levar vinte convidados. Para a torcida do Raphael Seixas, que era de São Paulo, também teve ônibus fretado. Para o restante do auditório foram distribuídos convites por meio de sorteio. Para não ter confusão, só o sorteado podia comparecer. Assim, evitaria a venda de ingressos sorteados e outros probleminhas.

Nós confeccionamos faixas especiais para a final! Ficaram tão lindas... Eu consegui incluir o Léo no nosso grupo. Eu não concordei muito com a situação, mas ele insistiu que queria ir. Fiquei preocupada, pois seria o reencontro da Susana com o Edu. Já estava imaginando que o meu irmão iria sofrer. Mas mesmo assim ele quis ir.

O grupo já estava todo reunido no ponto de encontro. Quando faltavam uns cinco minutos para o horário combinado, um grande ônibus azul apontou na esquina. Meu coração parecia que ia explodir! Não era um ônibus qualquer. Ele era enorme e luxuoso. O ônibus estacionou e vimos na lateral uma grande faixa com a logomarca do *Internet Pop Music* e uma enorme foto do Edu. Foi só a Susana bater o olho na foto para cair no choro.

– Calma, amiga! – eu a abracei pela cintura. – Agora falta pouco!

– Estou com tanta saudade que mal consigo respirar! – ela enxugou os olhos, tentando não borrar a linda maquiagem que tinha feito.

– Isso, nada de borrar a maquiagem, Susana! – a Mari ajudou a enxugar. – Você tem que ficar linda pra calar a boca das invejosas. Trouxe os produtos pra retocar?

– Trouxe, sim! – ela sorriu, sacudindo a pequena bolsa.

– Ótimo! – foi a vez da Aninha. – Linda e diva!

Foi a maior farra durante todo o trajeto até o Recreio, onde ficavam os estúdios! O ônibus tinha várias tevês espalhadas nas quais ficavam passando os melhores momentos do Edu no programa. Achei maravilhosa a ideia! Assim, todo mundo chegaria superempolgado para a grande final.

Passamos por um grande portão e entramos na sede do Canal Global. Todos se apressaram para as janelas para ver como era tudo. Lá dentro era um mundo à parte, dava até para se perder. Passamos por vários cenários de outros programas até que o ônibus estacionou na frente de um portão amarelo, que dava para o estúdio do IPM.

Ainda faltava uma hora para o início do programa. E eu, claro, já fui fazer a estreia do banheiro de um canal de televisão. Um dia um médico vai me explicar por que faço xixi toda vez que fico ansiosa! E que luxo era o banheiro! Nem os shoppings mais chiques da Barra da Tijuca tinham um banheiro como aquele.

– Meninas! A gente precisa tirar aquela foto de banheiro pra postar na internet! – a Mari falou quase aos berros. – Dane-se se vão dizer que a gente é cafona. Sabe-se lá quando vamos entrar no Canal Global de novo.

Fizemos pose e postamos a foto. Os meninos fizeram cara de reprovação pra gente quando viram, mas nem ligamos. Antes de entrarmos no estúdio mesmo, havia uma grande mesa com minissanduíches, torta de chocolate, refrigerante e suco. Tratamento VIP!

– Vou falar uma coisa muito séria agora! – a Aninha tomou um grande gole do suco para então continuar. – Sabe aquela velha brincadeirinha "Fulano ficou famoso e esqueceu dos pobres que cresceram com ele"? Estou há apenas duas horas nesse mundo VIP e nem quero mais voltar pra vida real. Imagina quem tem tudo isso todo santo dia?

– Deixa eu tomar o gostinho pra quando for a protagonista da novela das nove! – a Mari fez cara de metida. – Mas prometo desde já que vou chorar quando vocês aparecerem num daqueles quadros do "Arquivo confidencial".

– Só vou fazer uma correção nisso daí, Mari – o Igor fez cara de deboche. – Acho difícil você ser a protagonista da novela das nove, porque elas sempre são mocinhas que choram o tempo todo.

– Você tá certo, Colírio Capricho! – a Mari riu. – Deus me livre ficar chorando! Fico com o papel da vilã. Elas sempre têm um humor ácido, bem mais a minha cara.

– Já imaginaram se a Mari faz uma personagem muito malvada e acaba apanhando das velhinhas na rua? – o Lucas caiu na gargalhada.

– Que coisa feia! – a Mari fingiu fazer cara de brava e colocou as mãos na cintura. – Só vou te perdoar porque você vai ser um cineasta famoso e eu preciso de uma vaga no cinema.

O Léo ria de tudo, mas estava mais calado que de costume. Ele tentava disfarçar, mas eu já o conhecia o suficiente para notar que ele estava desconfortável.

Quando finalmente entramos no estúdio, parecia que estávamos num mundo mágico. Em pouquíssimo tempo, o destino de um dos meus melhores amigos seria decidido ali naquele palco. A torcida do Edu ficou do lado esquerdo e a do Raphael do direito. Era uma espécie de arquibancada. Entre as torcidas estava o palco, em formato arredondado e, diante dele, a bancada dos instrutores.

O auditório já estava lotado. Eram trezentos lugares tomados na maior parte por... garotas! Isso mesmo! Com dois finalistas do sexo masculino, isso já era de se esperar...

Faltando vinte minutos para o início do programa, todas as luzes começaram a ser testadas. Foi uma avalanche de cores, e o pessoal no auditório começou a gritar! Câmeras se posicionando e várias pessoas com fone de ouvido e rádios transmissores andavam para todos os lados. Até que o André Mattos, o diretor do programa, se posicionou no centro do palco e uma luz branca se abateu sobre ele. Todo o resto ficou na penumbra.

– Boa tarde a todos os presentes! – mais gritos. – Gostaria de pedir a atenção de todos antes de o programa entrar ao vivo... – ele esperou o silêncio para voltar a falar. – Como todos já sabem, hoje é a grande final da primeira edição do *Internet Pop Music*. O Eduardo e o Raphael brilharam durante todo o programa. Aqui presentes estão os familiares de cada um e, claro, parte da grande torcida que os ajudou a encerrar esta edição em grande estilo. Em nome de toda a produção do programa quero agradecer a presença de vocês!

Ele sorriu e todos aplaudiram. Até que ele voltou a falar:

– O programa vai ser transmitido ao vivo em rede nacional. E, para que a transmissão seja um sucesso, conto com a colaboração de todos vocês. Os finalistas estiveram confinados até agora. Claro que imaginam o quanto são queridos, já que chegaram à final. Quero pedir o apoio da plateia para que incentive os candidatos positivamente. Ambas as torcidas querem que seu candidato vença. E ambos já são vencedores. Mas o prêmio só poderá ser de um deles. Peço que respeitem esse momento tão importante na carreira desses dois jovens. Toda a equipe está envolvida no sucesso dessa transmissão, inclusive o auditório. Torçam, vibrem, mas sempre respeitem os candidatos. Nosso show vai começar em instantes. Uma excelente tarde para todos e muito obrigado.

– Resumindo tudo o que ele falou: não vale ficar fazendo baixaria nem vaiando candidato em rede nacional. Muito menos atirar lingerie no palco! – a Mari riu.

– Só você, Mari... – eu caí na gargalhada.

Na hora prevista para o início do programa, escutamos uma voz dizendo "transmissão ao vivo em dez segundos". Sério. Participar de um negócio desses é um teste para qualquer cardíaco! Definitivamente não tenho nenhum problema no coração, já que ele estava aos pulos. A Susana torcia tanto as mãos que eu estava com medo de que quebrasse os dedos! De repente uma gritaria danada. Os outros concorrentes entraram pela lateral e se sentaram na primeira fileira atrás da bancada dos instrutores. A tal da Brenda estava com um vestido verde curtíssimo. E ela era ainda mais bonita pessoalmente.

Todas as luzes coloridas tomaram uma intensidade incrível. A música de abertura do programa começou a tocar bem alta. A luz do palco se acendeu e os instrutores entraram. Uma sucessão de "uhuuu" se confundia com os gritos e aplausos. Até que um deles pegou o microfone. Era a Maria Sanches, a instrutora vocal.

– Boa tarde, galera! É com muita alegria que hoje encerramos a primeira edição do *Internet Pop Music*. Obrigada por nos acompanharem durante esses dois meses. Hoje, receberemos dois guerreiros. E gatos! – mais gritos. – Eles merecem todo o nosso carinho e aplausos. Com vocês, Eduardo Souto Maior e Raphael Siqueira!

Os instrutores tomaram seus lugares na bancada e uma nova iluminação tomou conta do palco. Até que o Eduardo e o Raphael entraram. A gritaria foi tanta, mas tanta que pensei que fosse ficar surda. Os nomes dos dois se alternavam com os gritos, mas deu para perceber uma pequena preferência pelo Edu.

Quando eles chegaram ao centro do palco, uma luz mais clara se fez e pudemos enxergar melhor. O Eduardo sorria e olhava para tudo espantado. Depois de tanto tempo confinado, devia ser mesmo emocionante ver toda aquela plateia gritando seu nome. Lágrimas escorreram de seus olhos, provocando ainda mais a histeria das garotas. Cada um pôde ir mais para perto de sua torcida e ele olhou com alegria para cada um de nós. Mandou um beijo no ar para os pais e, quando avistou a Susana, falou "Eu te amo", bem articulado pra que ela entendesse por leitura labial. O Edu estava realmente lindo! Usava calça preta e camisa xadrez azul dobrada até os cotovelos. E, para completar o figurino, trazia no pescoço o cordão de prata. Beijou a plaquinha, apontou para a Susana e voltou ao centro do palco.

A votação já estava acontecendo desde o fim do último programa e seria encerrada dez minutos antes do anúncio final. Um vídeo com um resumo da trajetória de cada um foi exibido. Era a primeira vez que eles se viam no programa, então as expressões que faziam eram as mais variadas. Depois disso, cada um cantou duas músicas: a que mais tinha gostado de cantar durante todo o confinamento e uma inédita, que poderia ser de autoria própria. O Edu escolheu "Mirrors", do Justin Timberlake, mais uma vez. Fiquei tão feliz com essa escolha! Foi realmente a nossa preferida. E, depois, ele cantou "Caminhos opostos", com uma pegada mais pop e que tinha cantado especialmente na festa de aniversário da Susana. Essa parte foi o ponto alto do programa: a plateia sabia cantar a música! A Susana nos olhava espantada, e foi muito emocionante. O vídeo na internet tinha sido feito justamente na festa dela! Isso quis dizer que a plateia não só o acompanhou por causa do programa, mas também gostou das suas músicas.

Eu sou do sul
Ela do norte
E sou do mar
Ela montanha

Eu quero azul
Ela vermelho
Eu quero a noite
E ela o dia

Tudo é oposto
Mas o amor é ímã
Não importam as diferenças
Estar juntos é o que nos faz felizes

Eu quero sal
Ela doce

Eu quero o céu
E ela a terra

Tudo é oposto
Mas o amor é ímã
Não importam as diferenças
Estar juntos é o que nos faz felizes

Depois da apresentação, os meninos voltaram aos bastidores e tivemos um pequeno intervalo. Que bom, eu precisava respirar. Quando dei uma olhada em volta, parecia que eu estava presenciando um surto coletivo: todas as garotas do auditório e das torcidas se armaram de batom e espelho para dar um último retoque no visual antes do anúncio do vencedor. O Igor fez uma cara hilária e soltou um "Vocês, mulheres!" que arrancou risadas de muita gente.

O programa então voltou ao ar. A Maria Sanches, líder dos instrutores, foi para o centro do palco acompanhada do Eduardo e do Raphael.

– Meninos... – ela olhou carinhosamente para os dois. – Vou sentir saudades de vocês! Estou muito orgulhosa de tudo o que conquistaram. Um tempo atrás, decidiram expor o talento de vocês na internet e foram vistos por milhares de pessoas. Compartilharam o sonho de ser cantor com o mundo. Agora, o sonho se realizou! Vocês tiveram muitas aulas e oficinas para moldar um talento que já tinham. Vão ganhar a liberdade, não só das ruas, mas também de expressar o trabalho de vocês. Façam tudo com o coração, com alegria e, principalmente, com honestidade. Quando digo para serem honestos é com o desejo de vocês. Cantem o que deixar vocês felizes. Bom, estou me prolongando, mas preciso dizer quem venceu a primeira edição do *Internet Pop Music*.

O telão, que antes mostrou o vídeo, recebeu iluminação especial. Com a ordem dela, o resultado apareceu: Eduardo Souto Maior, com 57% dos votos.

Novamente as luzes coloridas! Só que dessa vez acompanhadas de balões coloridos e uma chuva de papéis brilhantes picados. A gritaria foi generalizada. O Eduardo recebeu um abraço dos instrutores até que se aproximou da nossa arquibancada e apontou para cima, para um dos seguranças. A Susana pulou um cercadinho e correu em direção ao Eduardo. Sabe aquela típica cena de filme em que a mocinha corre em direção ao galã e ele a abraça, girando no ar? E pensa que só a gente viu? Depois que o telão exibiu o resultado, passou a mostrar o que o pessoal de casa estava assistindo, e não só a cena do abraço foi vista por milhares de telespectadores, como o longo beijo que deram também. Olhei para o Léo, preocupada com sua reação, mas ele apenas sorriu de volta.

Enfim pudemos descer para falar com o Edu. Ele parecia meio em estado de choque, feliz por ter vencido a competição, mas completamente tonto e confuso depois de dois meses de confinamento. Abraçou todo mundo até que a Brenda apareceu.

— Duduzinho! — ela chegou toda cheia de intimidade. A Mari fez cara feia e apontou para a Susana, para que ela ficasse ao lado do Eduardo. — Parabéns, lindão! Você mereceu, vai ser um sucesso e vou estar lá pra te aplaudir.

— Obrigado, Brenda — ele sorriu. — Essa é a minha namorada, a Susana.

— Ah, já conheço do comercial da CSJ Teen. Arrasou, gata! — ela deu dois beijinhos na Susana.

— Comercial da CSJ Teen? — o Edu fez uma cara confusa.

– Já te explico tudo, amor... – a Susana carinhosamente segurou o braço dele e abriu um largo sorriso para a Brenda. – Preciso atualizar meu namorado de tudo o que aconteceu aqui fora.

– Pois é, faça isso! – ela riu, um tanto forçada demais. – Vou indo nessa! Depois que essa euforia toda passar, te ligo pra gente marcar, tá?

O Edu apenas sorriu de volta.

– Garotinha oferecida, viu? – a Mari a fuzilava com o olhar.

– Shhhh, Mari! – a Aninha se aproximou. – Melhor não chamar a atenção, o Eduardo ainda nem imagina a confusão que aconteceu por causa dela.

Aos poucos o auditório foi indo embora. O ônibus com toda a torcida do Raphael já tinha seguido para São Paulo. Ele partiria com os pais no dia seguinte, de avião. Nosso ônibus partiu fazendo a maior festa. Quando ele deixou a gente na entrada do CEM, o Edu pegou um táxi com os pais. Ele estava com uma carinha de cansado...

Como era de se esperar, tinha um monte de garotas esperando pelo Edu na saída do CEM na segunda-feira. Mas, infelizmente para elas, perderam tempo. Ele ainda não tinha condições de retornar às aulas. Talvez só em uma semana.

Os dias que se seguiram foram tranquilos, depois de uma avalanche de emoções. A Susana ia visitar o Eduardo todos os dias e, aos poucos, foi contando tudo o que aconteceu enquanto ele estava confinado. Preferimos esperar que ele descansasse para não lotar a casa dele de gente. Além do mais, várias coisas precisavam ser definidas na vida dele. O maior prêmio era justamente o lançamento do CD por uma grande gravadora. Uma nova rotina seria traçada. Vida de popstar deve dar um trabalhão danado. Mas, apesar do cansaço e da confusão, ele gravou um vídeo e postamos na página do fã-clube. Ele estava todo sorridente e emocionado.

"Oi, galera! Tô aqui recuperando as energias junto com a minha família, afinal de contas foram dois meses muito intensos. Mas eu não poderia deixar de gravar um agradecimento especial. Vocês foram incríveis! O carinho e o apoio de vocês foram fundamentais para que eu vencesse a primeira temporada do *Internet Pop Music*. Agora sim, o trabalho de verdade vai começar. E tudo isso graças a vocês! Aos poucos estou vendo as mensagens e todas são emocionantes. Espero poder realizar um bom trabalho daqui pra frente e quero muito que se orgulhem de mim. Conto com vocês!"

19
Um amor se cura com outro?

Eu estava simplesmente adorando o curso de contação de histórias! A maioria da turma era composta por senhoras aposentadas que gostavam de trabalhar com crianças. Mais uma vez eu era a caçula. A Silvana, minha chefe na ONG, tinha se revelado uma amiga e tanto! Ela era uma companhia excelente para o curso.

Resolvi então usar uma das técnicas que aprendi no curso com a turminha da ONG. Foi um sucesso! As crianças simplesmente adoraram a novidade. Mas novidade mesmo aconteceu depois do fim das atividades. O Léo veio buscar o Carlinhos acompanhado!

– Maninha, quero te apresentar a minha namorada, a Marina.

Quando ouvi a palavra "namorada" fiquei paralisada. Como assim? Sorri para ela, que sorriu de volta. Ela era morena, com lindos cabelos cacheados, e bem magrinha. Tinha quase a mesma altura que ele e também estava de branco.

– Oi, Ingrid! – ela me beijou no rosto. – Trabalho com o Léo na clínica de fisioterapia. Já ouvi falar muito de você.

A minha vontade era de responder "E eu nunca ouvi falar de você, muito pelo contrário!" tamanho era o meu espanto. Mas não soaria nada educado, muito menos gentil.

– Ah, é?! – respondi, tentando ser simpática. – Que surpresa boa. Não quero dar uma de irmã coruja, mas você ganhou um namorado maravilhoso.

– Isso eu já sei! – ela fez um carinho no braço dele. – Tirei a sorte grande.

– Vocês duas querem parar de falar de mim como se eu não estivesse aqui? – ele fingiu brigar com a gente. – Vamos tomar um sorvete? Lá vocês podem falar bastante sobre as minhas qualidades – brincou, dando uma de metido.

A Marina era bem legal, simpática, divertida e parecia gostar muito do Léo. Deixei a conversa fluir na maior naturalidade. Mas, já em casa, assim que eu o vi online no chat, eu o chamei para uma conversinha.

Ingrid da Costa: Tão grande e tão bobo...

Léo Fisio: Oi? Como assim? ☺

Ingrid da Costa: Do nada você me aparece com uma namorada! Nem pra me avisar... Mas entendi o seu jogo. Agiu assim pra que eu não fizesse perguntas na frente dela. Você sabia que eu seria educada.

Léo Fisio: Hahahaha! Eu sabia que ia levar bronca em algum momento.

Ingrid da Costa: Mas não é, Léo? Fiquei com cara de palerma olhando pra garota.

Léo Fisio: Eu não sei, você disfarçou bem.

Ingrid da Costa: Vai me explicar, ou tá muito difícil?

Léo Fisio: Não tô te entendendo! Você não queria que eu arrumasse uma namorada? Pronto, tá aí, arrumei.

Ingrid da Costa: A gente arruma uma roupa nova, um sapato novo, não uma namorada. Você nunca falou nada dela!

Léo Fisio: Você queria o quê? Que eu ficasse com dor de cotovelo eternamente por causa da sua amiga Susana?

Ingrid da Costa: Sabia que esse era o motivo real! Menos de uma semana da final do IPM, e você tá namorando? Até poucos dias atrás você tava triste...

Léo Fisio: Maninha, sabe quando você chega à conclusão de que não dá mais? Chega, eu cansei. Agora é que a Susana vai ficar ainda mais fascinada pelo namorado. Não vou ficar chorando por aí. Eu já tinha ficado com a Marina algumas vezes e resolvi pedi-la em namoro.

Ingrid da Costa: Eu percebi que ela gosta de você de verdade. Não acha errado o que tá fazendo com ela?

Léo Fisio: Errado era o que eu tava fazendo comigo mesmo. Você tá certa, ela gosta de mim. Eu curto a Marina pra caramba, a gente se dá bem.

Ingrid da Costa: Prestou atenção no que acabou de dizer? Que curte a garota, não é apaixonado por ela.

Léo Fisio: Mas posso me apaixonar, não posso? Você tá preocupada à toa.

Ingrid da Costa: Só me preocupo porque gosto de você, né?

Léo Fisio: Relaxa, já falei. Ô baixinha encrenqueira!

Ingrid da Costa: Não faz a garota sofrer... promete?

Léo Fisio: Prometo! E promete largar do meu pé?

Ingrid da Costa: Já isso eu não posso prometer...

Léo Fisio: Hahahaha! Ai, preciso de um analgésico. ☹

Ingrid da Costa: O que foi?

Léo Fisio:	Acho que exagerei na musculação.
Ingrid da Costa:	Por que tudo isso? Tá querendo ser o dublê do Incrível Hulk nos cinemas?
Léo Fisio:	Minha irmã é muito engraçada!
Ingrid da Costa:	Tô falando sério.
Léo Fisio:	Agora que eu tô namorando, preciso ficar mais bonito ainda.
Ingrid da Costa:	Pelo que eu pude perceber, ela gosta de você pelo que você é, do seu jeito. Eu entendo que você ainda tá em busca da aparência perfeita, mas acredita em mim. Você já é perfeito assim.
Léo Fisio:	Você é minha irmã, não conta.
Ingrid da Costa:	Claro que conta. Juro, você é lindo. Se cuida, hein?
Léo Fisio:	Obrigado pela preocupação, minha ruivinha favorita. Vai dar tudo certo.

Fiquei mais um tempo na internet e acabei vendo uma atualização do perfil do Guiga. Eu me lembrei do Caíque chateado com ele. Acho uma pena ele ter se afastado do nosso grupo. Será que ele gosta mesmo daquela menina, a Gláucia? Ou será que ele também faz parte do clubinho que namora uma para esquecer outra?

Infelizmente términos de namoro têm essa consequência. Numa hora todo mundo faz parte do mesmo grupo de amigos, mas, basta o namoro terminar, para a amizade acabar sendo prejudicada. Se a Gláucia não fosse tão esquisita, eles seriam mais um casal para fazer parte da turma. Mas ela é um mistério; ninguém consegue entender a garota.

Resolvi dar uma fuçada no perfil dela. Ela não faz parte dos meus amigos, mas tudo o que ela posta é público, então não há a menor dificuldade em ficar sabendo da vida dela.

E, quanto mais eu fuçava, mais assustada ficava. Só havia fotos dela com o Guiga. Ela simplesmente vivia para ser a namorada dele! Tudo bem, eu sou romântica, gosto de namorar, tenho várias fotos com o Caíque no perfil. Mas, além dele, eu tenho outros interesses! O que não parece ser o caso dela. Não tem fotos dela com amigas, festas, nada. Ela nem se esforçou muito para fazer amizades na classe.

– Que bom que te peguei acordada! – minha mãe chegou e me deu um beijo nos cabelos.

– Oi, mãezoca! Já tava indo dormir, tá tarde.

– Amanhã eu vou a um café com a Sílvia.

– Jura que você e a mãe do Léo vão sair juntas? – senti meus olhos se arregalarem. – Que alegria! Estão ficando amigas?

– Acho que sim, filha. Vocês dois estão se dando tão bem que resolvemos contribuir para essa nova família que acabou surgindo.

– Ela é muito legal mesmo, vocês vão se dar bem. Nossa, como tô feliz!

– Sabia que você ia gostar. Quem é essa daí na tela? Não conheço.

Expliquei toda a história para ela. E, quando terminei, ela fez uma cara de pesar...

– Eu não sou psicóloga, longe disso. Mas, pelo que você está me contando, posso entender que essa garota é muito carente, não sei... Talvez tenha problemas com a família.

– Como assim?

– Ela supre as necessidades de afeto com o Guiga. O carinho que talvez ela não receba em casa acaba transferindo para o namorado. Estou analisando superficialmente, com base no que você me contou.

– Acho que tô começando a entender... E se o Guiga precisa de uma garota que viva em função dele, também tem esse tipo de carência?

– Não sei... – ela fez uma cara confusa. – Muito difícil afirmar com certeza. Mas por que você está preocupada com eles?

– Sinto falta do Guiga. Ele era nosso amigo. Depois que ele e a Aninha terminaram e ele começou a namorar a Gláucia acabou se afastando da gente.

– Se um dia você sentir que ele deu abertura, tente trazê-lo para o grupo de novo. Senão, desapegue, filha. Precisamos respeitar as escolhas de cada um.

Ela me deu um beijo de boa-noite e comecei a me arrumar para dormir. "Respeitar as escolhas de cada um", ela me disse. Lembrei do Léo. Tomara que o namoro dele com a Marina dê certo. Ele merece ser feliz.

20
Sonhos possíveis

Mais um fim de semana agitado, começando pelo sábado logo cedo.

A Jéssica não parava quieta e toda hora vinha no meu quarto.

– Já tá pronta? Vamos logo!

Era o primeiro piquenique da vida da Jéssica! Ela estava eufórica. E fez questão que tudo fosse igual aos filmes: cesta de palha e toalha xadrez. E, pela décima vez, verificou se não faltava nada: sanduíches de presunto, bolinhos de chocolate, biscoitos amanteigados e pães de queijo.

A ideia do passeio foi do Léo. Iríamos eu, ele, a Jéssica e o Carlinhos. Antes, claro, prometemos mil vezes para a Sílvia que o Carlinhos usaria protetor solar e chapéu. Quando chegamos ao Bosque da Barra, no sábado de manhã, foi a maior festa. Eles se encantaram com o lugar e muita gente tinha ido até lá fazer piquenique também. Estava lotado de crianças.

– Cada dia que passa o Carlinhos fica mais animado e confiante. Já nem fala mais da doença – o Léo observava contente.

– E o cabelinho dele tá nascendo! – afirmei. – Parece um tapetinho, adoro passar a mão.

Arrumamos a toalha xadrez perto de uma árvore com uma sombra bem gostosa. Não fazia muito calor, mas procuramos dar o maior conforto possível para o Carlinhos. Deixamos que ele e a Jéssica explorassem o lugar e eles apontavam curiosos para qualquer descoberta.

Num certo momento, os dois vieram correndo de mãos dadas na nossa direção.

– Temos uma novidade pra contar! – o Carlinhos falou todo empolgado.

– Ah, posso contar? – a Jéssica estava empolgadíssima.

– Pode! – ele autorizou.

– Então... – ela fez aquela cara sapeca de sempre. – Eu e o Carlinhos decidimos que a partir de hoje seremos irmãos também. Léo, você também quer ser meu irmão?

O Léo olhou para a Jéssica com tanto carinho que eu pensei que fosse chorar. Ele a suspendeu no ar, fazendo com que ela desse gritinhos de satisfação.

– É claro que eu quero ser o seu irmão! – ele finalmente respondeu, a colocando de volta no chão.

– E você, Ingrid? – foi a vez do Carlinhos. – Você também quer ser minha irmã?

Levantei correndo para pegá-lo no colo, fazendo cosquinhas em sua barriga.

– Sim, eu quero! Quem não ia querer ser irmã de um garoto tão lindo como você?

– Oba! – a Jéssica bateu palmas. – Agora somos quatro irmãos! A gente mora em casas separadas, mas vamos nos ver sempre. Maninho, o que você acha de a gente ir brincar com eles? – ela apontou para um grupo de crianças que tinha vários brinquedos.

– Vamos, maninha! – ele gritou contente.

É tão bom quando a gente é criança, né? Resolvemos que vamos fazer amizade com alguém e pronto. Basta chamar para uma brincadeira.

– Tô me sentindo muito aliviado, porque a Jéssica não me viu como um concorrente da sua atenção. Viu, só? Até ganhei mais uma irmã! – o Léo falou empolgado enquanto pegava um suco de caixinha de dentro da cesta.

– No início ela estranhou e até perguntou se eu ia gostar mais de você do que dela. Mas você, com o seu jeitinho de príncipe, acabou conquistando a minha irmã.

– Lá vem você com esse negócio de príncipe – ele fez uma careta.

– Você se preocupa tanto em parecer bonito por fora, se matando na academia, que não consegue perceber o quanto já é muito mais bonito por dentro.

– Ingrid, você viu as fotos! Eu era um troço feio de doer.

– Às vezes esqueço que você tem o dobro do meu tamanho e penso em te dar uns tapas! – brinquei. – Sei que deve ter sido difícil pra você, mas esquece tudo isso, é passado! Você já se cuidou, tá lindo! Acredita na sua irmã ruivinha e baixinha que você é lindo por completo, por dentro e por fora. Sim? Por favor?

– Tá bom! Quem consegue dizer não pra essa coisinha mais fofa? – ele apertou as minhas bochechas.

Fomos interrompidos pela chegada de mais três crianças, que acompanhavam a Jéssica e o Carlinhos. Ainda bem que o exagero da minha irmã teve um lado positivo: tinha bolinho de chocolate para todo mundo!

Quando voltamos para casa, no meio da tarde, foi um custo fazer com que a Jéssica tomasse banho antes de cair desmaiada na cama. Eu também estava cansada, mas encontrei um bilhetinho preso na geladeira.

> Filhota,
> O Sidney e eu aproveitamos para dar uma volta e namorar um pouquinho. Também somos filhos de Deus, não é mesmo? (risos). Prometo que voltamos a tempo de você encontrar o Caíque para a festa de aniversário que vocês combinaram de ir.
> Beijos,
> Mamãe

Achei engraçado. É esquisito pensar que a mãe precisa namorar o marido. Hahaha! Também tomei um banho e tirei uma boa soneca até umas 19h. O que foi ótimo, porque fiquei bem disposta para a festa de aniversário da prima do Caíque. Infelizmente as meninas não foram, já que ninguém conhecia a aniversariante. Mas, mesmo não conhecendo muita gente, me diverti muito. Foi a primeira vez que conheci mais gente da família dele. Confesso que fiquei me sentindo toda boba enquanto ele me apresentava para outros tios e primos como sua namorada. Ele fazia isso de um jeito muito fofo. Sempre bate aquele constrangimento na hora de conhecer a família do namorado, né? Mas o DJ era tão bom e tocou tantas músicas legais que dancei o tempo todo, superando qualquer vergonha. Só fui me lembrar da dor nos pés quando voltei para casa e tirei os sapatos.

Tomei um banho bem relaxante, coloquei um pijama bem confortável e, quando estava quase dormindo, meu celular deu o alerta de mensagem.

> Noite incrível. Meus primos ficaram morrendo de inveja de como a minha namorada é linda e dança bem. Até amanhã. Te amo. Beijos, Caíque.

O lançamento do César Castro tinha sido marcado para o domingo no fim da tarde. A livraria do shopping estava lotada! Quando nos meus mais loucos pensamentos eu ia imaginar que teria de pegar uma senha para ter um autógrafo do César Castro? Claro que o CEM estava lá em peso: alunos, professores e coordenação. Todos queriam um exemplar de *Uma semana antes de morrer* devidamente autografado e uma linda foto para postar nas redes sociais.

Mas, além do pessoal do colégio, muita gente "estranha" estava por lá. Digo estranha, pois eram completos desconhecidos para mim. Quando você está acostumada a ver uma pessoa em um ambiente e ela não está dentro dele, parece que algo está fora do lugar. Para mim, o César pertence ao "mundo CEM" e ver tanta gente desconhecida interessada nele me causou estranhamento. Fila imensa, senha nas mãos, flashes que não paravam mais.

Como a gente não fazia ideia que teria senha, acabamos pegando os últimos lugares na fila. O único que não fez parte do grupo foi o Edu. Não porque não quisesse ir, mas, como a vitória dele no IPM ainda estava muito recente, poderia acabar causando certo tumulto em um lugar que já estaria naturalmente cheio. Eis um empecilho da fama: nem sempre poder andar por aí como alguém "normal".

Apesar da espera de quase duas horas, foi divertido ficar na fila, pois observar as pessoas até que era bem interessante. Quando finalmente chegou a nossa vez, o César (não adianta que para mim ele nunca vai ser Augusto Machado) nos cumprimentou todo sorridente, tirou fotos e tudo o mais.

O Maurício, o editor que conhecemos quando ele visitou o CEM, também estava lá.

– E aí, Ana Paula? – ele falou. – Estou pensando em fazer o seu evento de lançamento aqui nessa mesma livraria.

– Jura? – ela colocou a mão no peito e abriu um sorriso imenso. – Eu moro praticamente aqui do lado e é a minha livraria favorita. Eu sempre venho aqui olhar os lançamentos. Ia ser demais fazer a sessão de autógrafos aqui!

– Que bom que você gostou! – ele olhou para a gente com satisfação. – Além de ser perto da escola, não é mesmo? Assim todos os seus amigos poderão comparecer. Seu texto está sendo revisado e logo vai entrar em diagramação. Quando tudo estiver bem encaminhado, vou mostrar como vai ficar e você me diz se está de acordo. Em mais ou menos três meses, o seu livro vai estar por aqui, exposto nessas prateleiras.

Logo depois nós nos despedimos dele e, quando ele já não podia mais ver a gente, fizemos a maior festa com a Aninha.

– Parabéns, loira! – a Mari não parava de pular.

– Tô orgulhoso de você, meu amor! – foi a vez do Igor.

– Ai, gente! Não tô me aguentando de tanta alegria! – a Aninha mal conseguia falar e estava com os olhos marejados. – Não é possível que agora vou virar uma garota chorona? – ela riu de si mesma.

– Precisamos comemorar! – eu dei a ideia. – Antes que ela fique muito famosa e não queira mais sair com a gente! – brinquei.

– Bobona! – ela protestou.

– Vamos naquela lanchonete em Ipanema? – o Igor sugeriu. – Fica perto do posto 10 e foi lá que eu levei a Aninha no nosso primeiro passeio. É bem tranquilo, tem um hambúrguer gigante, não é caro e podemos chamar o Edu sem que as garotas enlouqueçam.

– Eu topo! – a Susana aplaudiu. – Todo mundo concorda? Vou ligar pro Edu agora mesmo.

Eu nunca tinha ido até lá. Realmente a escolha foi perfeita, combinando com aquele momento perfeito! Pegamos uma mesa no fundo da lanchonete, o que nos deu um pouco mais de privacidade. Assim, o Eduardo pôde ficar mais à vontade e nos contou como estava sendo a sua nova rotina de popstar.

O papo estava ótimo e descontraído. Num determinado momento, comecei a observar nossa mesa. E fiquei feliz ao ver que aos poucos todos realizavam os seus sonhos. A Mari e o Igor seguiam com o curso de teatro esperando um dia ter uma grande chance. A Susana se dedicava cada vez mais ao sonho de ser atleta. O Lucas estava decidido a cursar cinema na faculdade e para isso estava virando mais um nerd do grupo, sempre com livros e filmes que ninguém sabia que existiam. Ganhar o IPM tinha sido só o primeiro passo para o grande desafio que o Edu tinha pela frente. Eu estava feliz trabalhando na ONG e a cada dia que passava tinha mais certeza de que pedagogia era a minha meta no vestibular. E, por fim, a Aninha teria o seu primeiro livro publicado até o fim do ano.

O único que ainda não sabia direito o que fazer era o Caíque. Ele se sentia um tanto excluído nesse assunto. Chegou a ficar chateado de verdade uma vez que conversamos por horas sobre o futuro. Consegui convencê-lo a não se cobrar tanto e disse que logo ele ia descobrir a carreira que gostaria de seguir. Eu sugeri que ele procurasse uma orientação vocacional. Existem vários lugares que dão esse suporte. Afirmei ainda que precisar dessa forcinha não desmerecia ninguém. Ele relutou um pouco, mas prometeu que, se até o início do segundo ano a grande ideia não surgisse, ele procuraria ajuda.

Eu amava cada pessoa que estava ali. Cada uma tinha uma importância única na minha vida. E esse amor me trazia paz. Finalmente eu tinha entendido o sentido mais amplo dessa palavra tão pequena na grafia, mas com um significado tão grande. Amor pelo meu namorado, pela minha família, pelos meus amigos, pela minha vocação.

E, como no vídeo comemorativo que o Caíque fez sobre o nosso namoro, um filme particular começou a passar na minha mente. Desde o primeiro momento em que falei com cada um. Com alguns convivi por mais tempo, outros menos, mas o necessário para aprender a amar cada um do seu jeito. Crescemos juntos, e ainda restava uma longa estrada pela frente. E, nessa estrada, cada um ia atrás do seu sonho. Ninguém teve nada fácil, todo mundo teve que se esforçar muito para conseguir chegar aonde está agora. Sonhos são possíveis, sim! Basta acreditar. E ter determinação e coragem – duas baterias naturalmente recarregadas pelo amor...

Conheça os outros livros da série As MAIS

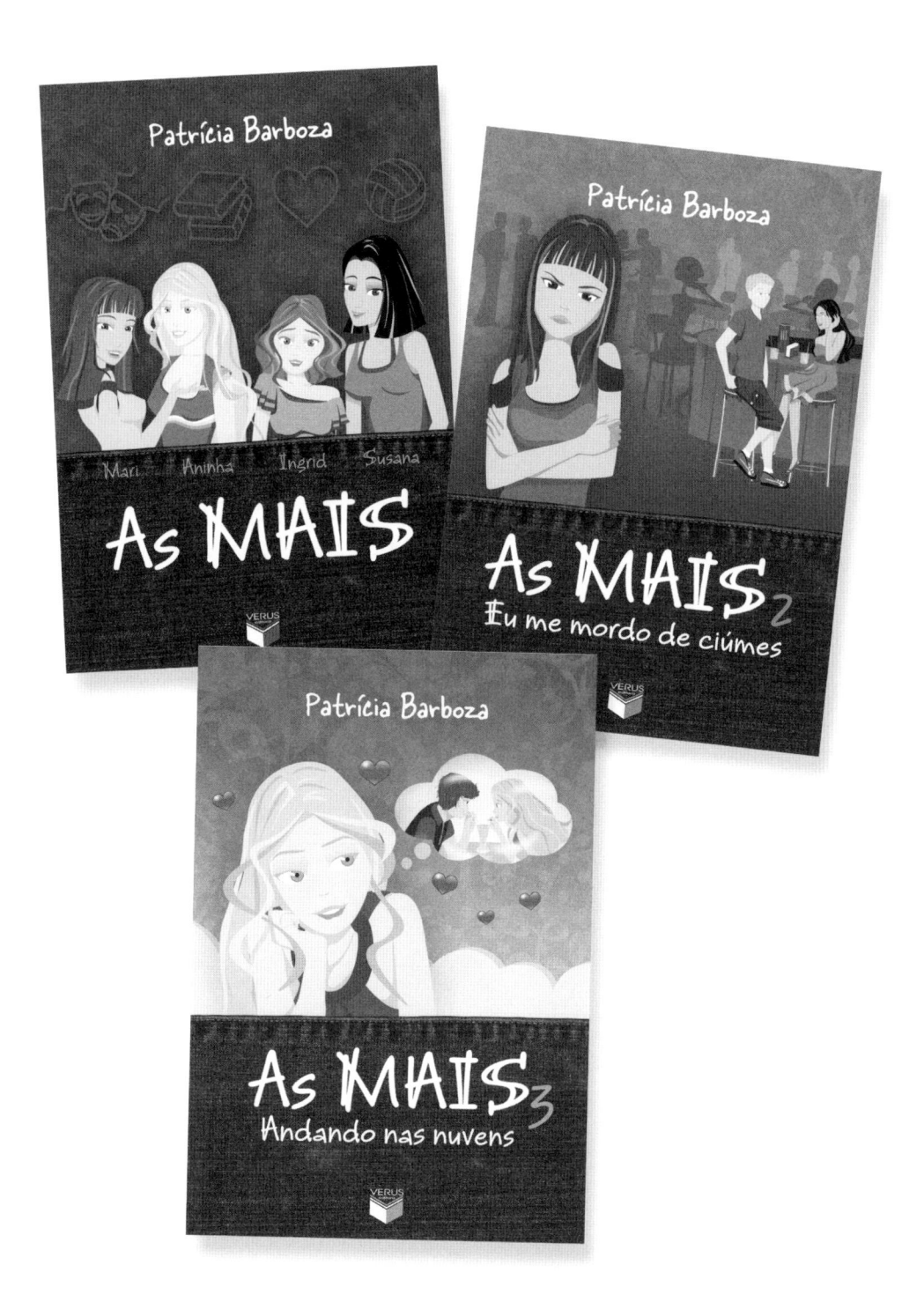

As MAIS

As MAIS 2
Eu me mordo de ciúmes

As MAIS 3
Andando nas nuvens

Conheça o Blog das MAIS!

Acesse: www.blogdasmais.com

Impressão e Acabamento:
Geográfica editora